集英社オレンジ文庫

ホテルクラシカル猫番館

横浜山手のパン職人《ブーランジェール》7

小湊悠貴

本書は書き下ろしです。

Contents

イラスト／momo

ホテル猫番館

横浜山手にあるクラシカルホテル。

本館は薔薇の咲き誇るイングリッシュガーデンに囲まれた西洋館。

マダムという名前の白いメインクーンが看板猫。

ホテルのコンセプトは『日常からの解放』。

高《たか》瀬《せ》紗《さ》良《ら》

猫番館専属のパン職人。

地元の名士であり、何人もの政治家を輩出してきた高瀬家のお嬢様だが、家族の反対を押し切って製菓専門学校に進学し、パン職人になった。

本《ほん》城《じょう》 要《かなめ》

猫番館のコンシェルジュ。

幼いころ、実の両親が亡くなり、本城夫妻に引き取られた。

カメラが趣味。

本《ほん》城《じょう》綾《あや》乃《の》

猫番館のオーナー。

猫番館はもともと綾乃の夫・本城宗一郎が古い洋館を買い取ってはじめたホテル。従業員たちのよき理解者。

高《たか》瀬《せ》 誠《まこと》

猫番館のパティシエ。紗良の叔父。

要の父、本城宗一郎とは旧知の仲。

市《いち》川《かわ》小《こ》夏《なつ》

猫番館のベルスタッフ。

紗良と同じく、猫番館の敷地内にある従業員用の寮に住んでいる。

天《あま》宮《みや》隼《しゅん》介《すけ》

猫番館の料理長。フレンチシェフ。

強面で立っているだけで威圧感があるが、腕は確か。

離婚した前妻とのあいだに、娘がいる。

Eggs Benedict

Yeast doughnuts

ホテル
クラシカル
猫番館

横浜山手のパン職人《ブーランジェール》7

Chausson aux pommes

Brezel

彼女はきっと、ふり向けばすぐそこにいる。

伸ばされたその手をとるかどうかは、自分次第――

Check In

ことのはじまり

夏の暑さは鳴りをひそめ、さわやかな秋風が吹きはじめた九月の終わり。

「最近はだいぶ涼しくなってきたね。マダムもこれならご機嫌かな?」

「ニャー」

「梅雨《つゆ》のあたりから、湿気もすごかったからなあ。やっと落ち着いて過ごせそうだね」

横浜山手《よこはまやまて》の一角にたたずむ、レンガ造りのクラシカルな洋館ホテル、猫番館《ねこばんかん》。

敷地内にある従業員寮の共用リビングで、本城要《ほんじょうかなめ》は看板猫のマダムとともに、優雅な朝のひとときを楽しんでいた。

「女王様、新しいブラシはお気に召しましたか？」

「ニャ」

「それは何より。このまえ常連のお客様から、これがいいって教えてもらったんだ」

真っ白な毛並みを丁寧にとかすと、マダムは要の膝《ひざ》の上で、気持ちよさそうに目を閉じた。しかも、ゴロゴロと低い音まで聞こえてくる。

「おお……」

マダムが喉《のど》を鳴らすなんて、めったにない。思わず口元がゆるんでしまう。

これまでいろいろなブラシを買っては試してみたが、マダムが心の底から満足するものは見つからなかった。いまはおとなしく身をまかせてくれているから、本当に気に入ったのだろう。無類の猫好きで、情報通の常連客に感謝だ。

仕上げに獣毛《じゅうもう》ブラシで毛の流れをととのえると、ふんわりつややかな美猫の完成だ。長毛種だから定期的にシャンプーをしているし、ブラッシングにも手間をかけているけれど、面倒だと思ったことは一度もない。むしろ率先して世話をしたいし、冷たくあしらわれても、それはそれで嬉《うれ》しい。

「あー、やっぱりマダムは可愛《かわい》いなぁ」

「！」

マダムを羽交い絞めにした要は、やわらかな毛並みに顔をうずめる。

干したばかりの布団に包まれているような、日なたの香り。ずっとこうしていたかったのに、マダムは要の腕からするりと抜け出してしまった。変質者にでも遭遇したかのような目を向けられたが、そんな表情も魅力的だ。

「しかたないだろ。マダムが可愛すぎるのが悪いんだよ」

笑いながらそう言うと、マダムは大きく尻尾を揺らした。

嫌がっているように見えても、本当はまんざらでもないのだ。それを知りつつ、怒られない程度にからかうのが、とても楽しい。

マダムとたわむれていたとき、リビングのドアが開いた。

「あ、要さん。おはようございます」

「おはよう、小夏《こなつ》さん」

中に入ってきたのは、同僚の市川《いちかわ》小夏だった。寮の二階に住む彼女は、ベルスタッフ兼客室係として働いている。歳《とし》はたしか、自分よりひとつ下だったか。

トレードマークの眼鏡を押し上げた小夏が、ソファに座る要をじっと見た。

「この時間にその余裕……。要さん、今日はお休みですか？」

「そうだよ」

「出かける予定は？」

「特にないけど」

「ほんとですか？　よかったー」

　小夏がほっとしたような顔になる。

「実はですね、紗良《さら》ちゃんが体調を崩しちゃったみたいで」

「紗良さんが？」

　要は軽く目を見開いた。

　高瀬《たかせ》紗良は、猫番館でただひとりの専属パン職人だ。いつも元気に動き回っていて、体も丈夫。具合が悪そうにしているところなど、見たことがない。彼女がこのホテルで働きはじめてから一年半ほどたっているが、病欠したこともないと思う。

（めずらしいこともあるんだな……）

「それで、紗良さんの様子は？」

「寒気がするって言ってたから、熱が出るかもしれませんね。季節の変わり目だし、たぶん風邪だと思うんですけど」

「そうか……。隼介《しゅんすけ》さんか誠《まこと》さんには伝えたの？」

「天宮《あまみや》さんには連絡済みです。今日は病欠ってことで」

シェフの隼介が承知したなら、厨房《ちゆうぼう》は大丈夫だろう。突発的な欠勤でも業務が滞《とどこお》らないよう、対策はしているはずだ。

「わかった。俺はずっと寮にいるから、紗良さんにそう言っておいてくれるかな」

「了解でーす。あ、心配だからたまに様子を見に行ってあげてくださいね」

「二階は男子禁制だろ」

「今日だけは目をつぶります。放置して悪化でもしたら大変でしょ？　それに」

言葉を切った小夏は、意味ありげに笑いながら続ける。

「要さんに看病してもらえたら、紗良ちゃんもよろこぶと思うなぁ」

「…………」

「というわけで、夕方までよろしくお願いしますね。二〇二号室が紗良ちゃんの部屋なので。鍵は開けておくよう言っておきます」

小夏が出勤すると、寮に残っているのは要と紗良のふたりだけになった。

(とりあえず、一度見に行ってみるか……)

リビングを出た要は、階段で二階に上がった。寮に移り住んで三年近くになるが、女性専用フロアに入るのははじめてだ。小夏の許可が出ているとはいえ、普段は立ち入り禁止の場所だから、やはり緊張してしまう。

二〇二号室の前に立った要は、控えめにドアをノックした。

「紗良さん、起きてる？　具合はどう？」

返事はない。眠っているだけかもしれないが、万が一ということもある。

「悪いけど、勝手に入らせてもらうよ」

静かにドアを開けた要は、室内に足を踏み入れた。

部屋の広さは、一階にある自分のそれと同じだろう。トイレとシャワールーム、そして洗面台といった水回りの位置が、一階とは左右対称になっている。カーテンが開けられた窓からは、明るい光が差しこんでいた。

ベッドのほうに目をやると、紗良はこちらに背を向けて眠っていた。

寒気のためか、分厚い布団にくるまっている。とはいえ、苦しんでいる様子はなさそうだ。熟睡しているようだし、このまま寝かせておこう。

――それにしても。

（これは……相撲《すもう》の番付表か？）

要の目を引いたのは、壁に貼られた一枚の紙だった。

よく見ると、どうやら九月場所の番付表らしい。もしかして、毎回こうやって貼りつけているのだろうか？

ほかにも相撲関連のカレンダーやポスター、推《お》し力士（とでも言えばいいのか？）の応援うちわといった品々が、ずらりと飾られている。横綱の手形が押されたサイン色紙は額装されて、家宝のように大事にされていた。

よく見れば、グッズは部屋の至るところに置かれている。本棚には、パンやお菓子の専門書に交じって、相撲雑誌や力士名鑑があたりまえのように並べられていた。

要はふっと微笑《ほほえ》んだ。

「ガチだな、これ」

紗良の趣味が大相撲観戦だということは、前に聞いていたから知っている。もっとライトなファンかと思いきや、この情熱にはおどろいた。

相撲関連以外の小物や家具はシンプルで、飾り気もあまりない。ベッドや本棚、ローテーブルといった家具はナチュラルなパイン材で、カーテンやラグマットは生成《きな》りのようだ。本人の印象から、もう少しカラフルで可愛い部屋を想像していただけに、意外だった。

要は口角を上げたまま、紗良の趣味が炸裂《さくれつ》している部屋をあらためて見回す。

予想外ではあったが、むしろそのギャップがおもしろい。推しの相手がアイドルや俳優などではなく、力士というのもツボだった。よい意味の意外性は、その人をさらに魅力的に見せてくれると思う。

（見ていて飽きない部屋だけど、長居するのも悪いよな）

眠っている紗良を起こさないよう、要はそっと部屋を出た。

ふたたび二階に上がったのは、正午を少し過ぎてからだった。紗良はあおむけになっていたので、その表情がよくわかる。熱があるのか顔が赤く、眉間《みけん》にしわが寄っていた。

「ちょっと失礼」

ひとこと断ってから、要は紗良の額《ひたい》に右手を伸ばした。

手のひらを通して伝わってくるのは、通常よりも高い体温。三十八度――いや、三十九度に近いかもしれない。健康が取り柄の彼女が、こうしてつらそうにしているのを見るのは心が痛む。

ベッドのふちに腰かけた要は、枕元にあった冷却ジェルシートを手にとった。フィルムをはがし、紗良の額に貼りつける。冷たい感触が気持ちよかったのか、紗良の表情が少しだけやわらいだ。

ほっとしたとき、紗良が小さく身じろぎした。まぶたがゆっくりと開かれる。

「ああ、ごめん。起こしちゃったか」

「要さん……!?」

目を丸くした紗良と、上から見下ろす要の視線が絡み合う。

「勝手に入ったことはあやまるよ。でも紗良さん、ドアのところから呼びかけても気づいてくれなくてさ。具合も気になったから、失礼させてもらった」

「そ、そうでしたか……。ぐっすり寝ていたもので」

目をそらした紗良は、恥ずかしそうに答えた。身支度もととのえず、寝起きの姿まで見られたことを気にしているのか。

「寒気はもうなさそうだね」

こんなときに余計な気を遣わせてしまい、申しわけなく思う。しかしいまは、彼女の体調を確認しておかなければ。

「熱は上がり切ってるのかな。ほかにつらいところはある？」

「ええと……。さっきは頭痛があったんですけど、いまは大丈夫です。吐き気とかもありませんし、熱だけですね」

「食欲はある？　もうお昼だし、薬を飲むにも何かお腹《なか》に入れておかないと」

紗良がちらりと時計を見た。風邪と戦うためには体力が必要だ。朝食はとっていないようだし、少しでも食べて栄養をつけてほしい。

「食べられそうなら、何か持ってくるよ。ちょっと待ってて」

紗良の部屋をあとにした要は、一階の共用キッチンに向かった。

コンロの上には、小ぶりの土鍋。隼介の愛用品で、寒い季節にひとり鍋を楽しむために買ったらしいが、サイズがちょうどよかったので拝借した。中に入っているのは、さきほどつくっておいた、基本的な白粥《しらがゆ》だ。

料理は苦手だ（というかほとんどしない）が、ネットのレシピを忠実に守り、味見もしたから大丈夫だろう。要はお粥をあたため直してから、お盆の上に載せた。取り皿と匙《さじ》も用意したところで、考える。

（塩味だけじゃつまらないよな。何かほかに……）

冷蔵庫を開けると、梅干しが入った保存容器を見つけた。実家の母親から送られてきたという梅の実で、隼介が手づくりしたものだ。ちなみに梅を分けてもらった誠は、自分で飲むための梅酒をほくほくしながら仕込んでいた。

自分は酸味の強い食べ物があまり得意ではないのだが、試食をさせてもらった紗良はよろこんでいた。これなら見栄えがするし、味にも変化が出るだろう。

「隼介さん、ひとついただきますね」

要は容器の蓋《ふた》を開けた。大きな梅干しを一粒とって、湯気立つ白粥の上に載せる。

お盆を持って部屋に戻ると、紗良は別の寝間着に着替えていた。流したままの髪も、きれいにとかしたようだ。それができるくらいには動けるのかと、安堵《あんど》する。

土鍋を見るなり、紗良がおどろきの声をあげた。

「もしかして、要さんがつくってくださったんですか?」

「そうだよ。ネットでつくり方を検索してさ。白粥だと味気ないから、隼介さんの自家製梅干しをひとつもらった。隼介さんにはあとで言っておくよ」

「要さん、お料理苦手なのに……。ありがとうございます」

「味見はしたから、不味《まず》くはないと思うよ」

紗良が上半身を起こすと、要は近くにあったクッションを集め、彼女の腰や背中を支えるように配置した。これで少しは楽だろう。

梅粥を取り皿に移していると、紗良が期待に満ちたまなざしを向けてくる。

特に凝《こ》ったわけでもない、ただのお粥がそんなに楽しみなのだろうか。よろこんでくれるのは嬉しいけれど、同時にいたずら心もくすぐられる。相手は病人だとわかっているのに、いつものようにからかいたくなってしまう。

(我ながら悪いクセだよな)

梅粥をすくった匙を持ち上げた要は、にこやかに言った。

「食べさせてあげようか?」

「ひ、ひとりで食べられますから」

平静を保っているつもりのようだが、明らかにうろたえている。嘘《うそ》がつけず、本音がすぐに顔に出てしまうところは、単純だけれど可愛らしい。自分がつくった梅粥を、美味《おい》しそうに食べてくれる姿を見ていると、心があたたかくなっていくのを感じる。

それほどよろこんでもらえるのなら、また彼女のために料理をつくってみようか。

自炊《じすい》もめったにしない、料理に関してはとことん面倒くさがりの自分が、こんなことを考える日が来るなんて。紗良と出会う前は思いもしなかったことだ。彼女と過ごした一年半の間に、自分もいろいろと変わったのだろうか。

「ごちそうさまでした。美味しかったです」

「完食できたし、大丈夫そうだね。あとは薬を飲んでゆっくり休めば、熱も下がるよ」

風邪薬を飲んだ紗良は、ふたたびベッドに横たわる。要が布団をかけてやると、すぐに眠たくなったようだ。とろんとした目でうとうとしはじめる。

その姿は小さな子どものように無防備で、庇護《ひご》欲をそそられる。まだ幼いころ、要が体調を崩したときは、養母や養父が優しく看病をしてくれた。記憶はあまりないけれど、亡くなった実の両親も、心配してくれたと思う。

病気で心細いときに、誰かがそばにいてくれると安心する。自分がいることで、紗良もいま、そう感じているのだろうか。

腰をかがめた要は、紗良の頭に手を伸ばした。やわらかい髪にそっと触れる。

「おやすみ」

このまま眠りについて、次に起きたときには元気になっているといい。そんなことを願いながら、手を離そうとしたときだった。

「要さんのそういうところ、すごく好きです……」

「――――」

ぽつりと漏れた言葉におどろいて、紗良の顔に視線を落とす。

彼女はすでに眠っていて、その真意をたしかめることはできなかった。

いや、わざわざ訊《き》かずとも、紗良がどんな気持ちでそう言ったのかは想像がつく。

良くも悪くも、彼女はとてもわかりやすい。素直で裏表がなく、悪意のないまっすぐな言葉で、誰かの心を震わせる。要もそのひとりであり、だからこそ、紗良が自分のことをどう思っているのかにも気づいているのだが……。

そこまでわかっているのに、あと一歩、踏みこむことができないのもまた事実。

腰を上げ、紗良に背を向けた要は、そのまま部屋から出ようとした。しかしすぐに引き返すと、彼女の耳元に顔を寄せる。聞こえていないとわかった上で――

「俺もね、紗良さんのそういうところ、すごく好きだよ」

一 泊 目

純白の職人道

Eggs Benedict

「紗良《さら》ちゃん、ただいまー。大丈夫だった?」

「ん……」

眠っていた紗良を呼び起こしたのは、聞き覚えのある女性の声だった。

意識が浮上したと同時に、室内がぱっと明るくなる。電気がついたらしい。

声がしたほうに目を向けると、部屋のドアが開いていた。出入り口のところに、同僚の小夏《こなつ》が立っている。彼女は仕事に行ったはずだが、もう帰ってきたのだろうか。

「小夏さん……。いま、何時ですか?」

「えーと、五時四十分だね。ちょっと前までは六時過ぎても明るかったのに、最近は日が短くなってきたよねえ」

「えっ。もうそんな時間なんですね……。すっかり熟睡しちゃって」

話をしながら、紗良はのろのろと体を起こした。

窓を見ると、外はたしかに薄暗かった。いつの間にか日が暮れている。

ベッドに近づいてきた小夏が、紗良の首筋に触れた。額《ひたい》には冷却ジェルシートが貼ってあるため、首のほうで体温を確認しているのだろう。

「おお、熱は下がったみたいだね。気分はどう?」

「だいぶ楽になりました。薬も飲んだし、よく眠れたからかも」

「それはよかった。この調子なら、明日は出勤できるかな?」

「ええ。二日も休むわけにはいきませんからね」

紗良は笑顔でうなずいた。倦怠感《けんたい》は残っているが、ひと晩あれば回復するはず。

今日はめずらしく、朝から具合が悪かった。季節の変わり目は体調を崩しやすい。それなのに油断して、自己管理を怠《おこた》ったことは反省している。

仕事も欠勤したため、シェフの隼介《しゅんすけ》はもちろん、料理人の早乙女《さおとめ》やパティシエの叔父といった厨房《ちゅうぼう》メンバーには迷惑をかけてしまった。猫番館《ねこばんかん》のパン職人は自分しかいないのだから、これまで以上に体調には気を配らなければ。

「そうだ。天宮《あまみや》さんからあずかってきたものがあるんだけど」

「天宮さんですか?」

「紗良ちゃんに渡してくれって頼まれたのよね」

小夏から受けとったのは、ホテル猫番館のロゴが印刷された紙袋だった。

持ち手つきの紙袋に入っていたのは、口径が広いスープジャーと、黄桃《おうとう》の缶詰。

スープジャーの蓋《ふた》を開けると、白い湯気がふわりと立ちのぼる。中身はおそらくポトフだろう。やわらかそうなキャベツに、色あざやかなニンジンとブロッコリー。ジャガイモや厚切りのベーコンも入っていて、ボリュームたっぷりの一品だ。

「残り物で簡単につくったとか言ってたけど、そうは見えないよねー。これを食べて栄養をつけろとのお達しよ」

(忙しいのに、わざわざつくってくれたんだ……)

隼介は一見すると強面《こわもて》で、愛想にも欠けているため、怖い人だと誤解されやすい。しかし、同じ職場で一緒に働いていれば、彼の本質が見えてくる。常にストイックで厳しいけれど、理不尽に怒ることは絶対にないし、仲間を気遣うことも忘れない。そのさりげない優しさに、どれだけ救われていることだろう。

「この桃缶も差し入れですか?」

「そっちは早乙女さんから。『風邪といえば桃缶だよね!』ってことで」

「ふふ、早乙女さんらしいですね。ありがたくいただきます」

果物の缶詰は、厨房の倉庫にストックされているのだが、メーカーが違うようだ。お見舞い用に、どこかで買ってきてくれたのかと思うと嬉《うれ》しかった。

窓のカーテンを閉めた小夏が、ふり返って言う。

「ポトフ、いま食べる?　だったらスプーンとか持ってくるけど」

「そうですね。お腹《なか》もすいてきましたし、あたたかいうちにいただこうかな」

「ん。じゃあとってくるね」

しばらくして戻ってきた小夏は、お盆を手にしていた。その上にはスプーンだけではなく、半分に切ってトーストした食パンも一枚載っている。

「ポトフだけじゃ足りないでしょ。バターは塗ってあるからね」

「ありがとうございます」

ベッドの上でお盆を受けとった紗良は、さっそくポトフに口をつけた。

じっくり煮込まれたキャベツと玉ねぎは、甘みがあってやわらかい。芯まで火が通ったジャガイモは、奥歯で割った瞬間に、ほろっと崩れた。鶏《とり》ガラをベースにしたと思《おぼ》しきスープには、具材の塩気や旨味《うまみ》が溶けこみ、豊かな味わいを生み出している。

鼻腔《びこう》をくすぐるこの香りは、ハーブだろうか？

パセリやローレル、タイムにセージにローズマリー。複雑な香りがするから、数種類のハーブを束ねたブーケガルニを使っているのかもしれない。フランス料理の煮込みにはよく用いられるが、別になくても困らないものだ。宿泊客に出すわけでもないのに、こうした手間をかけるところは、さすがだと思う。

「小夏さん、よかったらこちらのパン、半分召し上がりませんか？」

「え、いいの？　実はお腹すきまくりで」

「ああ、やっぱり。そんな顔をしていましたよ」

「どんな顔よ。まあ、今日は客室清掃もあったからね。あれ、すっごい体力使うし」

「お仕事お疲れさまでした」

微笑《ほほえ》んだ紗良は、半分に切り分けられた食パンの片方を口に運んだ。

(うん、トーストも美味《おい》しい。食パンはやっぱり山型よね)

こんがり焼けた食パンは、もちろん紗良が手がけたものだ。

猫番館で提供しているのは、角型と山型の二種類。つくり手によって配合や工程はさまざまだが、もっともわかりやすい違いは見た目だろう。生地を型に入れ、蓋をして焼成《しょうせい》するか否《いな》かで、角型と山型に分けられる。

蓋をして焼いた角型は、パンに水分が残りやすく、中身《クラム》も均一できめ細かい。日本人が食パンと聞いて思い浮かべるのは、主にこちらのほうだろう。

山型はイギリスパンとも呼ばれており、かの国ではホワイトブレッドの名で親しまれている。蓋をしないことで水分が飛び、縦に伸びた気泡と、薄めの外皮《クラスト》が特徴だ。角型よりもきめは粗《あら》く、味わいも淡白だが、どんな食材とも合わせやすい。トーストしたときの軽い食感に、やみつきになる人もいるはずだ。

「これはそのまま食べるより、トーストしたほうが美味しいよね」

「どちらかと言うと、味よりも食感を楽しむパンですから」

山型食パンのトーストは、表面がざっくりしていて歯切れがいい。厚切りにすれば、クラムのふわっとした食感を楽しめる。薄くスライスして、より軽い歯ざわりを追求するのも捨てがたい。クセが少なく飽きない味は、主食にするパンとしては、欠かせない要素だと思う。

「そういえば……」

食パンを食べ終えた小夏が、紗良のほうへと身を乗り出す。

「要《かなめ》さんはどうだった？　ちゃんと看病してくれたの？」

「はい。何度か様子を見に来てくれましたよ」

紗良の口元が自然とほころぶ。

公休日の彼は、今日はずっと寮にとどまり、紗良の体調を気遣ってくれた。出かける予定はないとは言っていたが、貴重な休日を自分のせいでつぶしてしまったことは、申しわけなく思っている。その一方で、高熱が出て不安なときに、好きな人が近くにいてくれるのは嬉しかった。

「お昼にはお粥《かゆ》もつくってくれたんですよ」

そう言うと、小夏が目を見開いた。

「ええっ、要さんが!?　お粥ってレトルトじゃなくて？」

「レシピを見ながらつくったみたいなので、手料理かと」

「手料理ぃ!?　うわ、ぜんぜん想像できないわ」

「要さん、自分が料理することには興味がありませんからね」

「そんな相手を、みずからキッチンに立つ気にさせるとは……。やるねえ、紗良ちゃん」

「いやいや、わたしは何もしていませんよ？　今日はほとんど寝ていましたし……」

要が昼食としてつくってくれたのは、梅干しが載ったシンプルな白粥だった。

隼介が手がけたポトフのように、凝《こ》ったところは特にない。基本に忠実な、ごく普通のお粥だった。

それでも感動したのは、要がほかでもない紗良のために、料理をしてくれたから。

つくり方は簡単でも、ほとんど自炊《じすい》をしない彼は、まずレシピを調べるところからはじめなければならない。慣れないことをするのは大変だし、料理に興味がないのなら、なおさら面倒に感じただろう。

けれど要は、そんな様子は微塵《みじん》も見せずに、笑顔でお粥を持ってきてくれた。

いつものようにからかわれることもあったが、何気ないやりとりのひとつひとつに心がはずむ。要がつくってくれたお粥は、どんなご馳走《ちそう》よりも美味しく感じたし、風邪をひくのも悪くないなと、不謹慎なことを思ったりもした。

「あの料理嫌いの要さんが、お手製のお粥かぁ」

感心したように言った小夏が、何かを確信した表情でうなずく。

「やっぱりこれは、脈ありだわ」

「脈あり?」

「要さんにとって、紗良ちゃんは特別な存在だってこと」

「えっ」

小夏の言葉に、鼓動《こどう》が跳ねる。彼女にはそう見えているのだろうか?

「前からなんとなく、そうじゃないかなーとは感じてたけどね。寝こんでたのが私や泉《いずみ》さんなら、そこまで熱心に看病はしてくれないと思うし」

「そ、そうでしょうか。要さんは誰にでも優しいですよ?」

「まあ、さすがに無視はしないだろうけど」

苦笑した小夏は、さらに続ける。

「体調を崩したのが私だったら、たまに様子を見に来てはくれるかな。必要なものも、お願いすれば買ってきてくれそうだね。でもきっと、自分からは動かないよ。お粥までつくる気になったのは、相手が紗良ちゃんだからじゃないかな」

「わたし、だから……?」

つぶやいた紗良は、布団を口元まで引き寄せた。

(要さんはわたしのこと、本当はどう思っているんだろう)

感情が表に出やすい紗良と違って、要は真意が読みにくい。本音を語ることはほとんどないし、いつも人当たりのよい笑顔で、不快感のない言葉を選んで口にする。それは複雑な家庭環境で育った、彼なりの処世術なのかもしれないけれど。

良くも悪くもフラットで、めったなことでは動じない。誰に対しても丁寧だから、好き嫌いも見えにくい。

そんな要が、この自分のことを特別に思ってくれている……?

小夏の言うことが本当だったら、これほど嬉しいことはない。

同じホテルで働く仲間として、要とは良好な関係を築けているとは思う。

でも、いまの自分は、それだけでは満足できない。片想いには片想いの楽しさがあるけれど、それで終わるのはせつなすぎるし、いつかはふり向いてほしいと願っている。少しずつでもかまわない。わずかでも距離が縮まっているのなら、希望がふくらむ。

もしかして――

(自惚《うぬぼ》れても、いいのかな……?)

紗良の脳裏に、昼間、お粥を食べたあとの記憶がよみがえる。

布団に入ってうとうとしていたら、要の手が頭に触れた。あのときは眠気が強くて、あまり憶《おぼ》えていないのだが、優しく撫《な》でてくれたような気がする。それからすぐに意識が薄れ、幸せな気持ちで眠りについた。

（あれ？　待って）

そういえば、意識を手放す直前、自分は何かを口走ったような……？

無意味なうわごとだろうか。いや、もっと大事なことではなかったか――

（えっ。わたし、なんて言ったの……!?）

何かを口走ったことまでは憶えているのに、肝心の内容が思い出せない。

要に訊《き》けば教えてくれるだろうが、熱に浮かされて、おかしなことを言ってしまったかもしれない。もしそうだったら恥ずかしすぎる。ここは触れずに、何もなかったことにしておいたほうがいいのでは……。

「ちょっと紗良ちゃん、どうしたのよ。頭痛？」

「いえその、自分の醜態《しゅうたい》を恥じているだけですので、おかまいなく……」

「醜態ー？」

「うう……。酔っぱらって記憶がなくなる人の気持ち、いまならよくわかります」

頭をかかえて悶絶《もんぜつ》していたとき、部屋のドアがノックされた。

（も、もしや要さん!?）

どきりとしたが、小夏が開けたドアの向こうに立っていたのは、彼ではなかった。

「よう紗良、熱は下がったかー？」

「叔父さま！」

遠慮なく中に入ってきたのは、同じ寮に住む叔父の誠《まこと》だった。父の弟にあたる人で、紗良に猫番館という職場を紹介してくれた恩人でもある。

「どうしてここに？　この時間はまだお仕事中でしょう？」

「可愛《かわい》い姪《めい》っ子の具合が気になってな。客も引けてきたし、バイトにまかせてちょっと抜けてきたんだよ」

コックコート姿の叔父は、そう言ってにやりと笑った。

ホテルのパティシエとして働く叔父は、喫茶室のマスターも兼任している。

飄々《ひょうひょう》とした性格で、ゆるいところもあるけれど、職人としては一流だ。厳格な隼介にはよく文句を言われているが、どこ吹く風で流している。厨房の白熊と恐れられている隼介を軽くあしらう人間は、猫番館では叔父くらいしかいないだろう。

「これは俺からの差し入れだ。小夏のぶんもあるから、一緒に食べろよ」

「うわぁ、嬉しい！　ありがとうございます！」

目を輝かせた小夏が、叔父からお盆を受けとった。ガラスの器《うつわ》には、ミントの葉を添えた白いアイスが盛りつけられている。

「叔父さま、これってバニラアイスですか？」

「ジェラートだよ。アイスクリームより乳脂肪《にゅうしぼう》分が少ないし、ヨーグルト味だからさっぱりしてるぞ」

叔父の差し入れなら、市販ではなく手づくりに違いない。喫茶室の商品だろうか。

「食欲がなくても、こういうものならいけるだろ」

「いいですね。さっきポトフとパンを食べたので、食後のデザートとしていただきます」

「お、元気になってきたか。顔色も悪くないし、大丈夫そうだな」

紗良の顔をのぞきこんだ叔父は、安心したように微笑んだ。

「おまえ、風邪とかめったにひかないからなぁ。しんどかっただろ。今夜はゆっくり休んで、明日に備えろよ」

叔父がホテルに戻っていくと、紗良はジェラートをスプーンですくい、口に入れた。

ヨーグルトのさわやかな酸味に、なめらかな口当たり。レモン果汁も少し入っているかもしれない。よく冷えたジェラートが喉《のど》を通ると、気分もすっきりしてくる。

「ふう……」

今日はいろいろな人が、自分のことを気にかけてくれた。

欠勤して迷惑をかけてしまったぶん、明日からは気合いを入れて頑張ろう。

そんなことを考えながら、紗良はジェラートの最後の一口を飲みこんだ。

翌日——

「おはようございます!」

夜明けが近く、空の色が少しずつ薄れはじめた早朝五時。

紗良がホテルの一階にある厨房に入ると、すでに出勤していた隼介がふり向いた。

筋トレと柔道で鍛え上げられた体を覆《おお》っているのは、清潔な白いコックコート。硬質そうな黒髪は、作業の邪魔にならないように、さっぱりと刈り上げられている。

年齢は、紗良よりも九つ上の三十四歳。

まだ若いが、二十代のころから天才的だと称賛された腕の持ち主だ。その卓越した料理の技術と抜群のセンスに惚《ほ》れこんで、ホテルに泊まる常連客も多い。指導力にもすぐれていて、個性的な厨房メンバーをうまくまとめている。

「天宮さん、昨日は急に休んで申しわけありませんでした」

「体調はよくなったのか？」

「おかげさまで。熱は下がりましたし、朝食もちゃんと食べてきましたよ！」

「そうか。食欲があるなら問題ないな」

元気よく答えると、隼介は納得したようにうなずいた。

「ポトフの差し入れもありがとうございました。すごく美味しかったです」

「残った野菜を有効活用しただけだ。賄《まかな》いの一種だから気にするな」

紗良が笑いかけても、隼介はにこりともしないし、声音《こわね》も淡々《たんたん》としている。それでも彼の気遣いは、昨日の栄養たっぷりなポトフからしっかり感じられた。

「回復したなら、さっそく仕事だ。病み上がりだからって気を抜くなよ」

「はい！」

手指の消毒を済ませた紗良は、いつものように仕事にとりかかった。

一から生地を仕込むと間に合わないため、朝は冷凍保存のストックを使う。宿泊客の朝食に必要なパン生地は、隼介が昨夜のうちに、冷蔵庫に移しておいてくれていた。あとは成形と最終発酵《はっこう》を経《へ》て焼くだけだ。

冷蔵庫を開けた紗良は、ひと晩かけて解凍させたパン生地をとり出した。丸いかたまりに麺棒《めんぼう》をかけ、丁寧にガスを抜いていく。

伸ばした生地は三つ折りにして、奥から手前に向かってくるりと巻いた。

同じ作業を繰り返し、三つの生地を成形する。

(よし、完成！　これを型に入れて……)

二斤《きん》用の食パン型には、生地がくっつかないよう、あらかじめショートニングを塗ってある。紗良は生地の閉じ目を下にして、ひとつずつ並べていった。

最終発酵をさせている間に、ほかのパンの仕上げも行う。

菓子パン用の生地は薄く伸ばし、アーモンドクリームを塗ってから、砕いたチョコレートとくるみを散らした。こちらの生地も巻いていき、等間隔に切り分けると、渦巻き状のスイートロールができあがる。

リッチな配合と、華やかで多彩なトッピング。菓子パンにふさわしい甘さと、ソフトな食感が好まれたのか、アメリカではよく食べられているらしい。

じゅうぶんに発酵させた食パンは、刷毛《はけ》で溶き卵を塗ったあと、蓋をせずにオーブンに入れた。販売用には人気のある角型をつくっているが、ホテルで出すものは山型にすると決めている。これは完全に自分の好みだ。

やがて香ってくるのは、焼きたてパン特有の、香ばしい匂い。

——ああ、やはり自分の一日は、これがないとはじまらない。

焼き上がった山型食パンは、溶き卵のおかげで黄金色のツヤが生まれていた。三つの山の形もよく、きれいな曲線を描いている。

「ふん！」

紗良はオーブンからとり出した食パン型の底を、台の上に打ちつけた。衝撃を与えることで水蒸気を飛ばし、パンの側面がへこんでしまうのを防ぐためだ。

腰折れ、もしくはケーブインとも呼ばれる現象は、外側のクラストが湿って軟化することで起こりうる。クラストを湿気させないよう、焼成後はすばやく台に打ちつけ、熱がこもった型からはずす必要があった。

（あとは粗熱をとって、カットをすればＯＫね）

山型食パンに、チョコとくるみのスイートロール。そして定番のクロワッサン。予定していたパンがすべて焼き上がると、心地のよい達成感に包まれる。

今朝も無事に、満足のいくパンを用意することができた。料理はもちろんだが、手づくりの焼きたてパンも、猫番館の売りのひとつなのだ。

専門学校を出て、本格的に職人の道を歩みはじめてから四年半。

それはどこまでも続く、終わりのない道。宿泊客が「美味しい」とよろこんでくれる笑顔を糧《かて》に、これからもさらに腕を磨いていきたい。

「高瀬《たかせ》姪、そろそろ食堂の準備をはじめてくれ」

「了解です！」

明るく答えた紗良は、背筋を伸ばして次の作業にとりかかった。


それから数時間後の、午前十時過ぎ。

宿泊客の朝食が終わり、紗良と隼介が手分けをして、使った食器や調理器具の後片づけをしているときだった。

「お疲れさまです。仕事中にすみません」

「要さん！」

厨房の出入り口から声をかけてきたのは、制服に身を包んだ要だった。

仕立てのよさそうな紺《こん》色の上下に、深みのある青いネクタイ。左胸には金色のネームプレートをつけ、さりげなくポケットチーフをのぞかせている。要は与えられた制服を着用するだけにとどまらず、持ち前のセンスでお洒落《しゃれ》に着こなしていた。

髪をきっちりととのえて、仕事用の眼鏡をかけた姿は、彼によく似合っている。ホテルのコンシェルジュにふさわしい、品格と落ち着きを感じさせる装いだ。

（制服姿の要さん、いつ見ても素敵だな）

こっそり見とれていると、要と目が合った。優しく微笑みかけられる。

「ああ、紗良さん。休憩中じゃなくてよかった」

「え？」

「仕事中に悪いんだけど、ちょっと応接室まで来てもらえるかな」

「何かご用でしょうか？」

「用があるのは俺じゃなくて、オーナーだけどね。紗良さんの手が空いてたら、連れてきてくれって頼まれたんだよ」

猫番館のオーナーは、要の養父母でもある本城《ほんじょう》夫妻だ。夫には本業があるので、ホテルの実質的な経営は、妻の綾乃《あやの》が担《にな》っている。そのためオーナーといえば、基本的には綾乃のことを指していた。

隼介のほうに目をやると、彼は表情ひとつ変えずに言う。

「あとは俺がやっておくから、はやく行け。オーナーを待たせるな」

「わかりました。お願いします」

ぺこりと頭を下げた紗良は、作業用の前掛けをはずし、壁のフックに引っかけた。厨房を出て、要と並んで応接室に向かう。

「ところで紗良さん、体調は大丈夫？」

要と顔を合わせるのは、昨日にお粥を食べたとき以来だ。

「病み上がりだし、無理はしなくていいからね」

「お気遣いありがとうございます。おかげさまですっかりよくなりました」

「ならよかった。昨日は大変だっただろ。けっこう熱も出てたし」

「そ、そうですね……。実はその、熱のせいで記憶が曖昧《あいまい》なところもあって……」

うつむいた紗良は、組んだ両手の指を意味なく動かす。

たずねるのなら――いまなのかもしれない。

「あの、要さん」

「ん？」

思わず立ち止まると、要もまた歩みを止める。

「ええと、その……。つかぬことをおたずねしますが、わたし昨日、変なことを口走っていませんでしたか？」

「変なこと？」

「お粥を食べたあと、寝る直前に……。何か言ったような気がするんですけど……」

要が眼鏡を押し上げた。あいかわらず真意が読めない表情で、紗良をじっと見つめる。

「そこまでは憶えてるのか」

（やっぱり！）

要の耳にはしっかり届いていたようだ。そうなると、なおさら気になってしまう。

「あ、あの……。わたし、なんて言ってました？　もしや何か失礼なことを――」

「心配はいらないよ。『要さん大好き』くらいしか言ってないから」

「えええっ!?」

紗良は大きく目を見開いた。よりによって、本人の前でそんなことを!?

どうすればいいのかわからず混乱していると、要がふっと口元をほころばせた。

「――なんてね、冗談だよ」

「じょ、冗談……？」

「紗良さんはすぐに引っかかるから、ついちょっかいを出したくなるんだよな」

どうやらいつものように、要にからかわれてしまったらしい。

「はは、おどろかせてごめん。あたふたする紗良さんの顔が見たくてさ」

「もう……。でも、そうですよね。そんなことさらっと言うわけないし……」

では、本当はなんて言ったのだろう。あらためてたずねてみると、要はあっさり「小さくて聞きとれなかった」と答えた。拍子抜けすると同時に、ほっとする。

「その様子じゃ、あれも聞こえてなかったんだろうな」

「え？」

「いや、なんでもないよ。こっちの話」

はぐらかすように笑った要は、ふたたび歩きはじめた。

ワインレッドの絨毯《じゅうたん》が敷かれた廊下を歩いていくと、ほどなくして応接室の前にたどり着く。要は軽くノックをしてから、ゆっくりとドアを開けた。

「失礼します。オーナー、高瀬さんを連れてきました」

綾乃しかいないときは砕けた口調の要が、いまは敬語で話している。

ここは応接室だし、もしや来客がいるのだろうか？

紗良はあわてて髪に手をやり、前髪が乱れていないかをチェックした。本当は鏡で確認したかったのだが、そんな余裕はない。最低限の身だしなみをととのえてから、紗良は要のあとに続いて部屋に入った。

「高瀬です。お待たせしました」

「ああ、紗良ちゃん。急に呼びつけてごめんなさいね」

品のよい声とともに、ソファに座っていた女性が立ち上がる。洋館ホテルのあるじにふさわしい、清楚《せいそ》な白薔薇《しろばら》のような雰囲気を持つ彼女が、オーナーの本城綾乃だ。

視線を移すと、向かい側のソファにはひとりの女性が座っている。

(はじめて見る顔……。あの方がお客さまかな?)

見たところ、年齢は六十歳くらいだろうか。ベリーショートの髪は明るく染めて、ハリ感のある白シャツと、タイトな黒パンツを身に着けている。

服装はシンプルだが、素材が上質なことはひと目でわかった。そこに大ぶりのイヤリングやネックレス、大粒の宝石がついた指輪やメンズライクの腕時計を合わせ、大人の女性ならではの余裕と華やぎを醸《かも》し出している。

綾乃は「可愛い」という言葉が似合うけれど、この女性は「格好いい」と言ったほうがしっくりくる。顔立ちもきりりとしていて、意志の強さがうかがえた。

「御園《みその》さん。こちらがさっきお話しした、パン職人の高瀬紗良さんです」

その場の流れに合わせて、紗良は御園と呼ばれた女性に向けてお辞儀をした。

どうやら綾乃は、彼女と引き合わせるために紗良を呼んだらしい。

でも、いったいなんのために……?

立ち上がった御園氏が、こちらに近づいてきた。身長は紗良よりも高く見えるが、ハイヒールの靴を履《は》いているので、実際は同じくらいだろう。

「はじめまして。御園聖子《せいこ》と申します」

にこりと笑った御園氏が、紗良と要に名刺を手渡した。

「ドレスデザイナー……」

(ファッション関係の方だったんだ！　どうりで)

シンプルで上質な服をさらりと着こなしているし、小物遣いも洗練されている。自分に似合う服装を追求し、自信を持って身に着けていることが感じられた。どんな服や小物を組み合わせれば、自分の魅力を最大限に引き出せるのかを熟知しているのだろう。

御園氏が続ける。

「ドレスにもいろいろ種類がありますが、私の専門はウエディングドレスです」

「ウエディングドレスですか……！」

「いまは馬車道《ばしゃみち》駅の近くで、専門店を経営しているんですよ。オーダーメイドの一点ものから、お手頃価格のレンタルドレスまで、幅広く取り扱っております。高瀬さんは、ご結婚をされてはいらっしゃらない？」

「あ、はい。未婚です」

「紗良ちゃん、二十五でしょう？　いまは仕事に集中したいだろうし、結婚を考えるにはまだはやいと思う年齢かもしれないわね」

綾乃が微笑む。たしかに学生時代の同級生は、独身のほうが圧倒的に多い。

「もし今後、挙式やフォトウエディング等の機会がありましたら、ドレスはぜひとも当店で。いつでもご相談ください」

「ありがとうございます」

笑顔で返したものの、いまの自分は結婚どころか、おつき合いしている人すらいない。

(好きな人ならいるけど……)

ちらりと横を見た紗良は、要の異変に気づいて首をかしげる。

――要さん……?

あごに手をあてた彼は、御園氏からもらった名刺を見つめながら、何かを考えているようだった。眼鏡の奥の瞳に、おどろきと戸惑いが浮かんでいる。かすかな変化ではあったけれど、要が素の感情をあらわにするのはめずらしい。

「来年の五月に、猫番館でブライダルフェアをすることになったでしょ?」

我に返った紗良は、あわてて綾乃のほうに顔を向けた。

要のことは気にかかるが、いまはオーナーの話に集中しよう。

「フェアのメインイベントは、ローズガーデンの模擬挙式と模擬披露宴だけど。せっかくの機会だし、ウエディングドレスの展示と試着会もやることにしたのよ。これから花嫁さんになる女性にとっては、大きな関心事だものね」

「たしかにそうですね。大事な晴れ姿ですし、おろそかにはできません」

「でしょう？　あ、とりあえず座ってちょうだい」

綾乃にうながされ、紗良と要は並んでソファに腰かけた。

ローテーブルの上には、紅茶が入ったカップのほかに、店舗紹介と思しきパンフレットが置いてあった。さまざまなデザインのウエディングドレスが掲載された、衣装のカタログも広げられている。

(ブライダルサロンＭ《ミ》ＩＳ《ソ》ＯＮＯ《ノ》……。御園さんのお店ね)

「結婚式場とかだと、たいていは提携しているドレスショップがあるんだけどね。残念ながら、猫番館《うち》にはそういったシステムがなくて……。条件に合った上で、引き受けてくれる業者を探していたら、御園さんのお店を見つけたというわけ」

「なるほど……」

「ＭＩＳＯＮＯのドレス、どれも本当に素晴らしいのよー。華やかで気品があって、どこかクラシカルな感じのデザインが、すごく私好みでね。猫番館の雰囲気とも合いそうだから、依頼を出してみたの。そうしたら快諾《かいだく》してくださって」

「お気に召していただき光栄です」

御園氏が嬉しそうに微笑んだ。

「こちらとしても、今回のご縁には感謝しているんですよ。こんなに素敵なホテルで、当店のドレスを展示できる機会をいただけるとは。模擬挙式と模擬披露宴の衣装もまかせてくださるとのことで、腕が鳴ります」

猫番館では現在、来年の五月に開催予定のブライダルフェアに向けて、少しずつ準備が進められている。

ブライダルフェアは、挙式や披露宴を行うことを考えている人に、それらの雰囲気を肌で感じてもらうためのイベントだ。模擬挙式や模擬披露宴は、参加者がゲストになり、実際の流れを体験できる。コース料理の試食や衣装の試着会もあるので、必要な情報を得ると同時に、楽しい時間を過ごすこともできるのだ。

フェアは通常、一日で終わるのだが、猫番館では二日間を予定している。

全館を貸し切りにした、一泊二日の宿泊プラン。

一日目はホテルでゆったりくつろぎ、翌日は薔薇が満開のローズガーデンで、イベントを楽しむ。貸し切りというのは、スタッフ側にとってもありがたかった。一般客がいないので、フェア関連の仕事のみに全力をそそげるからだ。

猫番館では初となる、大がかりなイベント。紗良もスタッフの一員として、できる限り協力していきたいと思っている。

衣装のカタログを見せてもらった紗良は、思わず感嘆の声をあげた。

「うわぁ、可愛い……！　どれも素敵ですね」

うっとりながめていると、要が横からカタログをのぞきこむ。

「ウエディングドレスか。フェアのためにも勉強しておかないとな」

「きれいなドレスを見ていると、心がはずみますね。お客さまもそうだと思いますよ」

「やっぱり自分でも着てみたいと思うの？」

「そうですねえ……。わたしの場合、あこがれはあってもいつになることか」

苦笑した紗良は、きっぱりと言い切る。

「いまは結婚よりも、仕事のほうが大事ですから。わたしはフェアに参加されるお客さまのために、美味しいパンを焼きたいです」

「パン職人の鑑《かがみ》だね」

いまから一年半ほど前。師匠のベーカリーが閉店したとき、職を失った紗良は、祖父からお見合いをすすめられた。もしあのとき受けていたら、いまごろはカタログのようなウエディングドレスに袖《そで》を通していたかもしれない。

しかし紗良は、縁談を断ったことを少しも後悔してはいなかった。

(だからこそ、猫番館で働く道が開けたわけだし)

祖父の言うままに結婚していたら、自分は幸せになれただろうか？

昔気質《かたぎ》の祖父は、紗良が結婚後も仕事を続けることを認めない。祖父があてがう相手なら、仕事を辞めても生活に不自由はしないと思うが、代わりにパン職人としての道は閉ざされる。そんなこと、自分は耐えられない。

——わたしの一番の幸せは、パン職人であり続けること。

それをよく知っているから、自分はこれからも、猫番館でパンを焼き続けるだろう。

「結婚の予定はなくても、ドレスを見るのは好きなのね？　それは何より」

「え？」

首をかしげる紗良に、綾乃がにっこり笑いかける。

「実はね。紗良ちゃんに、折り入ってお願いしたいことがあるのよ」

「わたしに……ですか？」

「ええ。正確には、御園さんからのお願いなんだけど」

綾乃の視線を受けて、御園氏がうなずいた。

「今回のブライダルフェアに合わせて、ＭＩＳＯＮＯブランドの新作ドレスをいくつか発表したいと考えておりまして。その中のひとつを、後継者として育てている私の娘にまかせてみるつもりなんです」

紗良と目を合わせた御園氏は、「それで」と続ける。

「娘の花帆《かほ》がデザインするドレスのモデルを、高瀬さんに引き受けていただきたくて」

「えっ……」

思いもよらない申し出に、紗良はぽかんと口を開けた。

（ウエディングドレスのモデルを、わたしが……!?）

「今回の新作は、テーマのひとつに『ホテル猫番館』をかかげているんですよ」

御園氏が興味深そうに室内を見回す。

「重厚でクラシカルな西洋館――。このホテルはＭＩＳＯＮＯの世界観ともよく合います。イメージモデルはプロよりも、猫番館の雰囲気に馴染《なじ》んでいる方のほうがいいだろうと思いまして。こちらで働いている女性のどなたかにお願いできればと」

「それでわたしに？　でも、ここで働く女性でしたらほかにもおりますが……」

「ええ。事前にオーナーさんから、何人かの写真を見せていただきました。その中で一番イメージに合いそうなのが、高瀬さんだったんですよ」

だからこの場に自分が呼ばれたのかと、納得する。

「紗良ちゃん、どうかしら。あ、もちろん強制というわけじゃないから、無理に引き受けなくてもいいのよ。あくまで第一候補ということで」

——イメージモデルかぁ……。

視線を落とした紗良は、膝《ひざ》の上に広げたままのカタログを見つめる。

モデルになれば、仕上がったドレスを着せてもらうことができるのだろうか。

自分がいつ結婚するかなんて、予想もつかない。叔父のように、独身で生きていく可能性もある。果たして自分に、純白のウエディングドレスを身にまとう機会が、これからめぐってくるのだろうか？

そう思うと、ここで一度は着ておくのも、悪くはない気がしてきた。

(うん。いい記念になりそう)

顔を上げた紗良は、「わかりました」と答える。

「わたしでお役に立てるのでしたら、どうぞモデルに使ってください」

「引き受けていただけるのね。ありがとうございます！」

御園氏がぱっと表情を輝かせた。バッグの中から分厚い手帳とペンをとり出す。

「そうと決まれば、さっそくプロジェクトを始動させましょう。ＭＩＳＯＮＯブランドの名にかけて、高瀬さんと猫番館にぴったりのドレスを仕立ててみせますわ。ぜひともご期待くださいね」

「はい。楽しみにしています」

「娘にとっても、今回のフェアはよい経験になるでしょう。もう二十七ですし、デザイナーとして飛躍するためにも、ここで一皮剝《む》けてもらわないと」

その言葉に、綾乃が「あら」と反応する。

「御園さんの娘さんって、二十七歳なんですね。うちの息子と同じだわ」

水を向けられた要の眉が、ぴくりと動いた。少しの間を置いて、苦笑しながら言う。

「まあ、同い年なのはあたりまえというか……。中学時代の同級生なので」

「同級生!?」

思わず声をあげてしまった。紗良だけではなく、綾乃と御園氏も目を丸くしている。

「御園花帆という名前でわかりました。花帆さんとは、中三のときに同じクラスだったんですよ。何年か前の同窓会で会ったときに、ドレスデザイナーとして実家のお店で働いていることも聞きました」

(あ、そうか。だから……)

御園氏の名刺を受けとったとき、要は何かに対しておどろいていたようだった。お店の名前も、花帆氏から聞いていたのかもしれない。

「――それでは、失礼します」

話を終えて応接室を出ると、要が小さく息をついた。

「要さん、びっくりしたでしょう。同級生の方が、ブライダルフェアのドレスをデザインすることになるなんて」

「ああ……。まさか、こういった形でかかわることになるとはね」

わずかに眉を寄せた要は、ぽつりとつぶやく。

「もう会うこともないと思ってたんだけどな……」

「え?」

苦味を含んだような声。同級生とはいえ、あまり会いたくない人なのだろうか?

(もしかして、苦手な人とか?　要さんにもそんなふうに感じる人がいるのかな)

彼も人間なのだから、合わない相手のひとりやふたりいてもおかしくはない。

表情を曇《くも》らせたのは一瞬で、要はすぐに笑みを浮かべた。心からの笑顔ではなく、貼りつけたような営業スマイル。これ以上は探られたくないという意思を感じる。

気にはなるけれど、余計なことを言って困らせたくない。

言葉を探していると、要がふたたび口を開いた。

「デザイナーが知り合いであろうとなかろうと、仕事にはなんの関係もないからね。俺はフェアの成功に向けて、自分がやるべきことをやるだけだよ。紗良さんだって、前に秋葉《あきば》くんと一緒に仕事をしたときはそうしただろ?」

一年ほど前、紗良は専門学校時代の同級生と、猫番館で働いたことがあった。

(秋葉くん……。最初はわたしのこと敵視していたのよね)

数年ぶりに再会した彼は、紗良に対してよい感情を持ってはいなかった。

しかし、ひとりのパン職人として、宿泊客に美味しいパンを食べてもらいたいという気持ちは同じ。協力しながらパンを焼き、お客がよろこぶ顔を見ているうちに、少しずつお互いを認め合うようになっていった。いまではときどき連絡をとり、パンについての話が気軽にできるくらいの関係だ。

要と花帆氏の間にも、紗良と秋葉のようなわだかまりがあるのなら。

ブライダルフェアの成功という、同じ目的のために力を合わせることで、そのしこりが解消する――。そんな日が来るのだろうか?

「おっと、もうこんな時間か。そろそろ仕事に戻ろう」

「あ、はい……」

何事もなかったかのように笑う要にうながされ、紗良は静かにその場を離れた。

「それじゃ、引き続きよろしくお願いします」

「かしこまりました。デザイン画の修正が終わりましたら、またご連絡しますね」

御園花帆がお辞儀をすると、ハーフアップにしたセミロングの毛先が、ふわりと前にこぼれ落ちた。顧客の女性を乗せたエレベーターのドアが閉まり、下に向かって動き出すのを確認してから顔を上げる。

「ふう……」

(今日の予約《アポ》はこれで終わりね)

時刻はもうすぐ十九時。窓の外は暗くなり、ビルの狭い廊下にも電気がついている。

つつがなく接客ができたことに満足しながら、花帆は踵《きびす》を返して店に戻った。

花帆の母、聖子が経営する「ブライダルサロンMISONO」は、みなとみらい線の馬車道駅から少し歩いたところにある。ここはかつて、裕福な外国人を乗せた馬車が走っていた。それにちなんで馬車道と呼ばれるようになったらしい。

このあたりは横浜《よこはま》の開港以降、海の玄関口として大きく発展した。万国橋《ばんこくばし》を渡った先には、観覧車や赤レンガ倉庫などの商業施設が集まる新港《しんこう》ふ頭《とう》。桜木町《さくらぎちょう》や関内《かんない》にも近く、多くの人が「横浜」と聞いて想像する光景を、実際に目にすることができる。

横浜港につながっている馬車道は、日本における外国文化の入り口でもあった。ガス灯やアイスクリームといったものが、日本発祥の地として歴史に刻まれている。

十七年前、格調高い近代建築の建物が残るこのエリアに、母は念願だったドレス専門店をオープンさせた。雑居ビルの一部を借り、一階にはレンタルドレス、二階にはオーダーメイドのドレスサロンが入っている。花帆が働いているのは二階のほうだ。

ガラスがはめこまれたドアには、「ＭＩＳＯＮＯ」のロゴと「Ｏｒｄｅｒ《オーダー》 Ｍａｄｅ《メイド》」という飾り文字が、金色のカッティングシートで貼りつけられている。

ドアを開けた花帆は、仕事場でもある店内に足を踏み入れた。

ウエディングドレスは、純白に輝く花嫁の衣装だ。

特別な日にまとう、幸せの象徴。きらめく夢のような高揚感を保つために、店内の雰囲気にも気を配っている。

天井から吊り下がっているのは、クリスタルガラスのシャンデリア。インテリアは豪華なロココ調でまとめられ、華やかで優雅な空間をつくり出している。白と金色を基調にすることで、花嫁のイメージも演出していた。

「あ、花帆さん」

中に入ると、スタッフの女性に声をかけられた。

「聖子さんがまだ戻られてませんけど、上がっても大丈夫ですか？」

「はい。何か連絡事項があれば伝えておきます。残業お疲れさまでした」

「じゃあ、お先に失礼しますね」

スタッフが退勤すると、花帆は応接用のソファに腰を下ろした。

ローテーブルの上に置いてあったファイルを手にとり、一枚の紙をとり出す。さきほど見送った顧客から依頼された、ドレスのデザイン画だ。

（細かいところも決まってきたし、あとひと息だよね）

脳裏に浮かんだのは、デザイン画を見せたときの顧客の笑顔。

ＭＩＳＯＮＯで請け負っているドレスの注文方法はふたつ。こちらが用意したパターンの中から、素材や形状、色などを組み合わせてつくるセミオーダーと、すべてを顧客の要望通りに仕上げるフルオーダーだ。

レンタルやセミオーダーでも、素敵なドレスはたくさんある。それでもこの顧客は、手間暇がかかる上に、値段も張るフルオーダーのドレスを依頼してきた。式や披露宴での着用後は、顧客が自分で保管する場合もあるし、こちらが買いとってレンタルドレスに回すということもある。

フルオーダーを選択する顧客たちの、ウエディングドレスにかける情熱は、並大抵のものではない。その要望にできる限り応《こた》え、それぞれの理想に沿った最高のドレスをつくりあげることが、デザイナーである自分の仕事だ。

花帆は指先でそっと、デザイン画を撫でた。

完成したドレスを身にまとった顧客の姿を想像し、口元がほころぶ。

「よし、頑張ろう！」

いまから六年半ほど前、服飾系の専門学校を卒業した花帆は、母が経営するこの店に就職した。

多種多様なデザインを見て学べという母の意向で、最初の二年間は、一階のレンタルドレス店で働いた。二階のオーダーメイド店に上がることを許されたのは、三年目に入ってから。セミオーダーの受注からスタートして、数年が経過した現在は、少しずつだがフルオーダーの仕事もまかせてもらえるようになった。

（とはいえ、まだまだお母さんの指導が不可欠なんだけどね……）

四十五歳で独立するまで、母は東京のドレスショップで働いていた。

デザイナーとしてはすでに、業界では名が知られていたらしい。ＭＩＳＯＮＯを立ち上げてからは、大きな宣伝はしなかったが、口コミで確実に評判を高めていった。おかげで経営は軌道に乗り、現在も安定した利益を出すことができている。

『私、将来はお母さんみたいなデザイナーになりたい！』

母がデザインしたドレスを着た花嫁は、お姫様のようにキラキラしていて。

魔法のようなドレスを生み出す母は、花帆にとって、子どものころからあこがれの存在だった。だから迷わず、同じ道に進みたいと思ったのだ。

本気でデザイナーになりたいと打ち明けたとき、母はとてもよろこんでくれた。

花帆の両親は、自分が小学校に入る前に離婚している。

母の収入はそれなりにあったと思うが、仕事をしながらひとりで娘を育てるのは、大変だったに違いない。それでも母からそそがれる愛情は感じていたし、お金で苦労することもなく、高校や専門学校の学費も用意してくれた。

そんな母への恩返しは、一日でもはやく、立派なデザイナーになること。

ＭＩＳＯＮＯの後継者として認めてもらうためにも、勉強を怠らず、センスを磨き続けなければ。先日は母から大きな仕事の話も聞いたし――

「………」

デザイン画に修正を入れていた手が、ぴたりと止まる。

ソファの背もたれに体をあずけた花帆は、おもむろに天井をあおいだ。

「大きな仕事か……」

来年の五月、横浜のとあるホテルでブライダルフェアが開催される。先方からの依頼を受けて、ＭＩＳＯＮＯがドレスを提供することになったのだ。

展示や試着会でレンタルドレスを見てもらえれば、よい宣伝になるだろう。フェアに合わせて新作も発表する予定だから、注目もされるはず。母も乗り気で、今日の午前中は挨《あい》拶《さつ》をするため、くだんのホテルに行くと言っていた。

『今回は花帆、あなたにも新作を一着デザインしてもらいます』

母からそう言われたときは、嬉しさのあまり体が震えた。

『私はアドバイスをしないから、すべてを自分で考えるのよ。決められたテーマに沿った上で、花帆らしさも感じさせるような作品を見せてちょうだい』

『私らしさ……』

『花帆はまだ若いのだから、私とは違った発想ができると思うの。若い子は未熟ではあるけれど、特有の輝きと柔軟さ、そしてみずみずしい感性を持ち合わせている。あまり堅苦しく考えずに、自由にデザインしてごらんなさい。いまのあなたなら、きっと素晴らしいドレスを生み出せると思うわ』

ブライダルフェアという大きなイベントで、母は自分にドレスをデザインすることを許してくれた。さらにはそれを、ＭＩＳＯＮＯブランドの新作として、正式に発表してくれるのだ。尊敬する母であり、師でもあるその名に恥じないよう、全力を尽くしたい。

――のだけれど。

「ホテル猫番館……」

花帆の口から、ぽつりとその名が漏れる。

ここからさほど遠くない、山手《やまて》の高台に建つ洋館ホテル。行ったことはないのだが、その名前は知っていた。

それにしても、まさか自分があのホテルにかかわることになろうとは……。

(でも、大丈夫よね。『彼』が勤めてるのは東京のホテルだし、会うことなんて……)

つらつらと考えていたとき、出入り口のドアが開いた。

「ただいまー。今日はあちこち歩き回ってクタクタだわぁ」

入ってきたのは母だった。朝から外出していたので、さすがに疲れたらしい。

それでもメイクはまったく崩れていないし、背筋もピンと伸ばしている。足下は移動用のパンプスだが、誰かに会うときはハイヒールに履き替えたのだろう。人前ではきりりとしている母も、娘の前では取り繕《つくろ》わない姿を見せる。

「いま残ってるのって、花帆だけ?」

「うん」

「じゃ、帰る前に食べていかない? デパ地下でお惣菜《そうざい》とか買ってきたから」

ビニール袋をかかげた母が、にっこり笑った。

「わ、いいの？　ありがとう！」

花帆は専門学校を出てから、ずっとひとり暮らしをしている。ここのお給料が安いわけではないのだが、先週は秋物の服や小物をいろいろ買ってしまった。代わりに食費を節約しているから、一食浮くのはとても助かる。

休憩室に移動して、ふたりで食事をはじめると、母が機嫌よく話しかけてきた。

「そういえば、午前中に行ってきたわよ。猫番館！」

「！」

どきりとしたが、なんとか平静を装う。

「挨拶しに行ったんだっけ……？　どうだった？」

「もう、すっごく素敵なホテルだったわぁ。洋画に出てくる貴族のお屋敷って感じで。クラシックホテルって、独特のロマンがあるわよねー」

「そ、そうだね……」

「教会やチャペルがないから、結婚式を挙げる人は少ないんですって。ロケーションはいいから、ウエディングフォトの撮影場所としては人気だとか。たしかにあのホテルは、どこで撮っても絵になるわ。ウエディングドレスも映えるし」

うっとりしながら話していた母が、ふいに何かを思い出したように言った。

「あ、そうそう！　猫番館で、花帆の同級生に会ったわよ」

「えっ!?」

「オーナーさんの息子さん！　名前はええと、本城……カナタだったかしら」

「……カナメ？」

「そう、それよ。要くん！」

　母は嬉しそうにうなずいたが、それどころではなかった。

　彼が――本城要が、猫番館にいた!?

「中学時代のクラスメイトだったんでしょ？　同窓会でも話したらしいじゃないの。知り合いがいるなら先に教えてくれればよかったのに」

「いやその……。同窓会のときは、東京のホテルに勤務してるって……」

「いまは猫番館で働いてるみたいよ。ほらこれ」

　母がバッグの中からとり出したのは、本城要からもらったという名刺だった。

　勤務先はホテル猫番館。名前の上に記された肩書きは、コンシェルジュだ。

「将来はお母様の後を継いでオーナーになるそうだし、最初の何年かは別のホテルで働いて、見識を広げてたんじゃない？」

「そう、かもね……」

食事を終えると、母は今日中にやりたい仕事があると言って、事務室に入っていった。

店舗に戻った花帆は、ふたたび応接用のソファに腰かける。

（猫番館って聞いたときから、もしかしたらとは思ってたけど……）

こういう予感に限って、的中してしまうもの。

母から借りてきた名刺を眼前にかかげ、花帆は大きなため息をついた。

「ただの同級生ならよかったんだけどね……」

花帆にとっての本城要は、中学時代のクラスメイトであると同時に——

三年前に別れた、元彼氏でもあったのだ。


それから二週間後の、十月中旬。

ホテル猫番館の車寄せに、一台のタクシーが停車する。トートバッグを肩にかけ、車を降りた花帆は、レンガ造りの西洋館を見上げてつぶやいた。

「ここが猫番館かぁ……」

歴史を感じさせる赤茶色の壁に、白枠の上げ下げ窓。二階建てのため高さはないが、そのぶん横に広がっている。建物を囲む庭園も広そうだし、贅沢《ぜいたく》なつくりだ。

（それにしても、こんなにはやく予約がとれるなんて）

秋の薔薇が咲くこの時季は、ハイシーズンだと聞いていたのに。

母から今回の話を聞かされたのは、数日前のこと。

『猫番館の宿泊予約が、奇跡的にとれたのよ。花帆が泊まりに行くといいわ』

『な、なんで私？　予約したのはお母さんでしょ』

猫番館がすっかり気に入った母は、一度泊まってみたいと言っていたのだ。

『実は予約したあとに、急な出張が入っちゃってね。キャンセルするのはもったいないから、花帆に譲るわ。デザインのイメージをふくらませるためにも、しっかり取材してきなさい。一泊してゆっくり過ごせば、雰囲気もつかめるでしょ』

『でも……』

『宿泊代なら経費で落とせるから大丈夫よ。もちろん、交通費や食事代もね。だから気にせず楽しんでらっしゃい』

気にしているのはそこではなかったが、母は事情を知らないのだからしかたがない。

経費を使うのなら、これは仕事の一環だ。元彼がいるから嫌だなど、社会人としては口が裂けても言いたくない。私情を挟んで断りたくはなかったので、花帆は腹をくくって猫番館に宿泊することを決めたのだった。

（まあ、いずれは行かなきゃいけなかったんだし、ちょうどいいか……）

前向きに考えながら、花帆はステンドグラスがはめこまれた扉を開けた。

ギィ……

「わ……」

扉の向こうに広がっていたのは、吹き抜けのロビーだった。

足下を優しく労わるのは、やわらかな絨毯。深みのある赤ワインを流しこんだような色が上品で、アンティークな調度品ともよく合っている。

扉や壁掛け、テーブルランプ。随所《ずいしょ》にステンドグラスが使われており、中でも階段の踊り場は圧巻だった。赤と青の薔薇をモチーフにした二枚の窓がはめこまれていて、外から差しこむ日の光で美しくきらめいている。

（すごい……。これはたしかに、ウエディングドレスが映えそう）

自分がデザインしたドレスを着た花嫁が、あの踊り場に立っているのを想像する。

ステンドグラスの厳《おごそ》かな光を受けた、真珠のようなシルクのドレス。

赤絨毯が敷かれた階段に、ふわりと広がる長い引き裾《トレーン》。レースの縁取りをしたロングベールを合わせれば、優美なシルエットになるだろう。短いベールにティアラや花飾りをつけ、可愛く仕上げてもよさそうだ。刺繍《ししゅう》の図案はやはり薔薇か——

考えただけで心が躍《おど》る。はやくチェックインをして、アイデアを書き留めたい。

創作意欲を刺激され、花帆はふわふわとした足どりでフロントに向かった。

重厚なつくりのカウンターは、ロビーにふたつ。ひとつはコンシェルジュデスクのようだが、誰もいなかったのでほっとする。フロントに近づくと、花帆の母と同年代くらいの男性が、おだやかに微笑んだ。

「いらっしゃいませ。ホテル猫番館へようこそ」

カウンターのそばに置かれた椅子《いす》には、大きな白猫が女王のように鎮座していた。色違いの瞳は、青と金色のオッドアイ。息を飲むほど美しく、神秘的な印象の彼女が、マダムという名の看板猫なのだろう。

花帆の視線を受けて、白猫は可愛らしい鳴き声をあげた。猫の言葉はわからないが、歓迎してくれているようだ。

チェックインを終えると、カウンターの上に鍵が置かれた。カードキーではなく昔ながらの鍵で、部屋番号入りのアクリルキーホルダーがついている。一見すると古臭いが、レトロな洋館ホテルにはこの上なく似合っていた。

「お部屋は二〇六号室でございます。ご案内は――」

「私が承《うけたまわ》りますよ、支配人」

聞き覚えのある声にふり向くと、そこには本城要が立っていた。

彼はホテルのスタッフらしく、きちんと身なりをととのえている。カウンターの上に置いてあった鍵を手にした要は、口の端を上げて話しかけてきた。

「御園様、お荷物をおあずかりいたします」

「あ、はい。お願いします……」

どぎまぎする花帆とは対照的に、要は落ち着き払っていた。丁寧な言葉遣いに、上品な微笑み。自分はお客なのだから、あたりまえなのかもしれないけれど。

トートバッグをあずけると、要は「ではご案内いたします」と言って歩きはじめた。

階段をのぼりながら、花帆は前を歩く彼の姿をじっと見つめる。

要の見た目は、最後に会ったときからほとんど変わっていなかった。そのためか、気まずさと同時になつかしさも感じる。とはいえ、別れてから三年もたっているのだ。いまの要にとって、花帆は赤の他人。宿泊客のひとりでしかないのだろう。

これまで何人かの男性とつき合ってきたが、別れた相手と再会したのは、はじめての経験だ。平静を保ちたいのに、心がざわつく。

花帆と要は同じ中学校の出身で、三年生のときはクラスも一緒だった。

要は率先してリーダーシップをとるようなタイプではなかったが、クラスの調停役とし

て、なくてはならない存在だった。温厚で人当たりがよく、当時は地味で目立たない女子だった花帆にも、気さくに話しかけてくれたのだ。

『この衣装をつくってくれたの、御園さんなんだってね』

『ああ、うん。そうだけど……』

『デザインから起こしたんだろ？　すごいな、既製品みたいによくできてる。縫《ぬ》い目もきれいだし、試着したら着心地もよかったよ。ありがとう』

文化祭で使う衣装を製作したとき、要は笑顔でそう言った。

デザインや型紙づくりは母に手伝ってもらったのだが、実際にミシンで縫い合わせたのは自分だ。ひそかにあこがれていた男の子に褒めてもらえて、天にものぼれそうな気持ちになったことを、いまでもよく憶えている。

想いは寄せていたものの、告白する勇気までは出せなかった。卒業後は別々の高校に進学し、それきりになるかと思いきや……。要とは数年前に開かれた同窓会で、再会を果たすことになったのだ。

当時の要は大学を出て、社会人になったばかり。花帆はすでに母の店で働いており、メイクやお洒落を覚えたことで、自分に自信が持てるようになっていた。そのときは彼氏がいなかったし、要もフリーだったため、思いきって告白したのだ。

ダメ元で気持ちを伝え、ＯＫをもらえたときは、本当に嬉しかった。

めでたくつき合うことになってからも、最初はとても楽しかったのだけれど……。

「こちらが二〇六号室です」

思い出にふけっているうちに、いつの間にか客室に着いていた。

母が確保していたのはツインルームで、きれいにメイキングされた猫足のベッドが二台置いてある。ひとりで泊まるのはもったいない気もしたが、シングルルームはすでに満室だったのだろう。この時季は、予約がとれただけでも幸運なのだ。

客室の鍵を書き物机の上に置いた要は、ふたたび花帆に向き直る。

「夕食は十九時から、明日の朝食は七時からでございます。時間になりましたら、一階のダイニングルームまでお越しください」

「わかりました」

「ルームサービスとモーニングコールは、フロントで承っております。ほかにも何かございましたら、フロントまでお申しつけください。二十四時間お受けいたします」

「はい……」

「では、夕食までごゆっくりおくつろぎくださいませ」

一礼した要が上半身を起こすと、沈黙がその場を支配した。

ベルスタッフでもないのに、要が花帆の案内を申し出たのは、何か言いたいことがあるからだろう。形のいい眉を寄せ、どう切り出すかを考えているようだ。

うつむいた花帆は、スカートをぎゅっとつかんだ。

要と交際していたのは一年ほど。告白したのは花帆のほうだが、別れを告げたのも自分だった。浮気をされたわけでも、冷たくあしらわれたわけでもない。それでも離れたくなることもあるのだと、あのときに知った。

長い沈黙に耐えられず、気づいたときには口走っていた。

「あの……。なんていうか、ごめんなさい」

「え？」

「ブライダルフェアの件……。まさかＭＩＳＯＮＯと猫番館が、一緒に仕事をすることになるとは思わなくて。今日も母の代わりに、ノコノコ泊まりに来ちゃったし……。でもその、これは仕事の一環だから、気にしないでほしいというか」

「………」

「私の顔なんて見たくないかもしれないけど、フェアが終わるまでは我慢してください」

下を見たまま早口で伝えると、要がふっと笑う気配がした。

「御園さん、大丈夫だよ。そんなこと思ってないから」

花帆ははっとして顔を上げた。口調は砕けたけれど、彼の呼び方はつき合う前のそれに戻っている。たしかにいまの自分たちには、その距離感がふさわしい。

「いまから思えば、フラれてもしかたなかったよなと。御園さん、最後に言っただろ。お互いの温度差がありすぎるって。それでやっと、自分の悪いところがわかった」

「温度差……」

そう。花帆が要との別れを決意したのは、その温度差が原因だった。

つき合っている間、要はとても優しかった。彼女として大事にしてくれたし、花帆が望んだことも、たいていはかなえてくれたと思う。

しかし彼からは終始、花帆に対する情熱が感じられなかった。告白を受けたのも、花帆のことが好きなわけではなく、たまたまフリーだったから。そしてこれからも、自分が期待するような愛情は返ってこない。そのことに気づいてしまったのだ。

要にとっての自分は、彼女だけれど「特別」ではない。

花帆が得たのは彼女という地位だけで、要の心の深いところまで入りこむほどの存在にはなれなかったのだ。そう思うとむなしくなって、急激に気持ちが冷めていった。ちょうどそのころ、花帆に熱烈なアプローチをしてくれる男性があらわれて――

別れを切り出したとき、要はあっさり承諾したが、複雑な表情も見せていた。歴代の彼女とも似たような別れ方をしたと聞いたので、またかと思ってうんざりしたのかもしれない。花帆に対する未練はいっさい感じられず、最後までさびしかった。

要の交際は花帆も含めて、すべて相手の告白からはじまっている。しかし要は、自分から好きになった相手としかうまくいかないタイプなのだろう。そんな人とめぐり合うことができれば、彼も変わっていけるのかもしれないが……。

「ねえ。かな……本城くんって、まだ結婚はしてないよね？　つき合ってる人は？」

「いないよ。でも、気に入ってる子がひとりいる」

意外な返事に、花帆は大きく目を見開いた。彼の口からそんな言葉が出るなんて。

「それって好きな人ってことだよね？　職場の人？」

「そうだけど、恋愛的な意味での好意なのかは、まだちょっとわからないな。人間的に好きなだけなのかもしれないし……」

相手のことを思い出しているのか、要の口元がやわらかくほころんだ。

「単純だけどまっすぐで、表情がころころ変わるところが見ていて飽きない。仕事に対しても前向きで、努力を惜しまないところは尊敬してる」

（ウソ。この人、こんな顔もできるんだ……！）

おだやかで優しい表情は、相手に対する深い想いであふれている。

要は普段、笑顔の仮面の下に真意を隠しているのだが、いまは本音をさらけ出しているのだとわかった。あの要をここまで素直にさせてしまうなんて、いったいどんな人なのだろう？　とても気になる。

花帆の視線に気づいたのか、要がはっと我に返った。照れ隠しなのか目をそらし、眼鏡のブリッジを押し上げる。そんな仕草も新鮮で、自分は彼のそういった一面を引き出すことができなかったのだなと、少しさびしく思ってしまった。

「とにかく、俺のことは気にしなくて大丈夫だから。御園さんはＭＩＳＯＮＯのデザイナーとして、最高の仕事をしてほしい。それを伝えたかったんだ」

要の言葉で、花帆は自分がするべきことを思い出した。

とつぜんの再会に動揺してしまったが、自分たちの恋愛関係は、とっくに終わっているのだ。過去は過去として割り切り、これからのことを考えよう。いまの要は大事な仕事相手。フェアを成功させるために、協力して企画を進めていかなければ。

「新作のドレスは、猫番館がテーマなんだろ？　楽しみにしてる」

「ありがとう。母の期待に応えるためにも、気合いを入れて頑張らないとね」

ぐっとこぶしを握りしめたとき、出入り口のドアがノックされた。

応対した要が、ややあってひとりの女性を連れてくる。

「御園さん。紹介したい人がいるんだけど、いま大丈夫かな？」

「うん、どうぞ」

清潔な白いコックシャツに黒パンツ、臙脂《えんじ》色のタイと短い前掛けをつけた女性は、厨房のスタッフだろうか。花帆や要とあまり歳《とし》が変わらなさそうに見える彼女は、こちらに向けて丁寧にお辞儀をした。

「はじめまして。当館の専属パン職人、高瀬紗良と申します」

「高瀬？　もしかして、ドレスのモデルを引き受けてくださった方ですか？」

顔を上げた紗良は、「はい」とうなずいた。花帆がチェックインしたことを知り、わざわざ挨拶に来てくれたらしい。花帆は急いでバッグの中から名刺を出した。

「御園です。このたびはよろしくお願いいたします」

「こちらこそ。モデルになるのははじめてなのですが、お役に立てれば幸いです」

はにかむように笑った紗良を、花帆はじっと観察する。

ぱっと見たところ、身長は平均よりもやや高め。太り気味でも痩《や》せ気味でもなく、体形に目立った特徴は見当たらない。グラマーではなさそうだから、体のラインがくっきり出るものよりも、ある程度のボリュームがあるドレスが合うだろう。

「あの、高瀬さん。その髪の色、もしかして地毛ですか？」

「あ、はい。遺伝です」

ふたつのお団子にまとめられた紗良の髪は、きれいな栗色《くり》だった。よく見ると、両目も茶色がかっている。これは大きな特徴だ。

今回はイメージモデルがいるから、フルオーダーのときと同じく、相手に似合う色や形を考えながらデザインしなければならない。ホテルの館内やローズガーデンに映え、なおかつモデルが持つ雰囲気を生かして、その魅力を引き出せるようなドレス……。むずかしい課題だが、そのぶんやりがいがある。

「もしよかったら、今日か明日、採寸させていただきたいんですけど……」

「これからでもかまいませんよ。さっき仕事が終わりましたので。着替えてから再度おうかがいしてもよろしいでしょうか」

採寸の約束をとりつけると、紗良は「そうだ」と声をあげる。

「御園さま、明日の朝食はいかがされますか？」

「朝食？」

「当館では通常のものと、事前予約が必要なものを承っておりまして。予約品は別料金になりますが、フレンチトーストかエッグベネディクトをお選びいただけます。いまでしたら、ご予約をお受けできますよ」

「フレンチトーストか、エッグベネディクト……」

「どちらも当館自慢の一品ですので、ぜひご賞味ください」

食事代は経費で落とせるのだ。せっかくだから贅沢な気分を味わいたいし、頼んでみてもいいかもしれない。ホテルメイドのフレンチトーストも捨てがたいが、口にする機会が少ないほうを選ぶなら、エッグベネディクトだろうか。

花帆が後者を注文すると、要が「いいね」とうなずいた。

「前に食べたことがあるけど、すごく美味しかったよ」

「そういえば、試食会がありましたね」

「ソースはうちの天才シェフが手づくりしたものだし、卵も新鮮でコクがある。もちろんイングリッシュマフィンも自家製だよ。高瀬さんがつくるパンはどれも絶品だから、それを目当てに泊まりに来てくれるリピーターも多いんだ」

「お客さまによろこんでいただけて、わたしも嬉しいです」

（……このふたり、仲いいなぁ）

親しげに話す彼らを見た花帆は、そんなことを思った。

花帆と要が昔からの知り合いなので、室内には気安い雰囲気がただよっている。だから要だけではなく、紗良も無意識に素が出てしまっているのだろう。

楽しそうなふたりの姿は、単なる同僚にしては親密に見えた。

要は誰に対してもフレンドリーに接するが、間に見えない壁を立てていて、それ以上は近づけさせないようにしている。しかし紗良に対しては、みずから壁を乗り越えて、踏みこんでいきたいという意志を感じた。花帆の前では一度も見せてくれなかった感情だ。

紗良が客室を出ていくと、花帆は要に話しかけた。

「本城くんが気に入ってる人って、高瀬さんでしょ？」

「え……なんで」

「元彼女としての勘かな。私と話しているときと、声とか表情がぜんぜん違うよ。あれは人間的に好きっていう感じじゃないと思うけどな」

花帆の言葉でようやく気づいたのか、要は大きく息を飲む。

(私は残念ながら、この人の『特別な存在』にはなれなかったけど)

要からこのような表情を引き出すことができた相手であれば、もしかしたら――

口角を上げた花帆は、ひそかに彼の幸せを願った。


翌朝、花帆はスマホのアラームが鳴る前に目を覚ました。

「六時かぁ……」

今日は午後出勤だから、チェックアウトぎりぎりまでゆっくり過ごせる。客室のベッドはふかふかで寝心地も最高だし、八時近くまでのんびり寝ようと思っていたのに、いつもよりはやく起きてしまった。

(でも、眠りは深かったのかな？　久しぶりに熟睡できた感じ。体も楽だし)

やはり疲れをとるのに、寝具は重要らしい。いま使っているベッドは安物で、マットレスも古いから、あまり寝た気がしないのだ。冬のボーナスが出たら、今年は服やコートではなく、寝具を新調してみてもいいかもしれない。

二度寝をしようかと思ったが、頭がすっきりしているので眠れそうにない。ベッドから抜け出した花帆は、シャワーを浴びることにした。

シャンプーにコンディショナー、ボディーソープに洗面所の石けん。用意されたアメニティは、どれも自然でいい香りだ。いつもと違う香りに包まれるだけで、ささやかな非日常に浸ることができる。

バスルームから出て髪を乾かし終えるころには、六時半を過ぎていた。

上げ下げ窓を開けると、ひんやりとした秋風が頬《ほお》を撫でる。夜も明けたし、散歩がてらローズガーデンに行ってみようか。

花帆は薄手のカーディガンを羽織ってから、そっと客室を出た。

一階に下りると、どこからともなく香ばしい匂いがただよってくる。

ああ、これはパンが焼ける香りだ。記憶に刻みこまれている焼きたてパンの美味しさを思い出し、食欲が刺激される。魅惑の香りにあらがえず、花帆は引き寄せられるようにして厨房に向かった。

ダイニングルームに隣接した厨房のドアには、大きな窓がついている。中ではコックコート姿のスタッフたちが、きびきびと働いていた。

（あ、高瀬さんもいる）

猫番館で提供されているパンは、すべて彼女がつくっていると聞いた。昨日の夕食に出たバゲットは、外側はぱりっと、中はもっちり。小麦の風味が豊かで、オリーブオイルやポルチーニ茸《たけ》のソースにつけると、さらに深い味わいになった。

花帆よりも年下だというのに、紗良はホテルで出すパンのデザインから製作までを、ひとりで手がけているのだ。ジャンルは違うが、花帆もドレスのデザインと、場合によっては製作も行う。そう思うと親近感を覚えた。

粗熱をとっているのか、調理台の上には白っぽいパンが置いてある。

（丸くて平たい……。イングリッシュマフィンかな？）

市販のものは食べたことがあるので、味や食感はよく知っている。

ナイフではなく手で割って、こんがりトーストしたところに、バターやジャムをつけて食べるのが最高だ。でこぼこした断面はバターが染みこみやすくなり、旨味が増す。外側にまぶしたコーングリッツのほのかな甘さもたまらない。

ごくりと唾《つば》を飲んだとき、作業をしていた紗良と目が合った。ぱっと笑顔になった彼女は、すぐにこちらに近づいてきて、ドアを開ける。

「御園さま、おはようございます」

「おはようございます。お仕事中にすみません」

「いえいえ。今日ははやめに朝食の準備が終わったので、余裕があるんですよ。いまは販売用のクロワッサンを焼いていて」

会話をしている間にも、パンが焼ける香りが鼻腔をくすぐる。

視線の先にあるオーブンには、クロワッサンが入っているのか。あの中で、クロワッサンに折りこまれたバターがとろける光景を想像し、花帆のお腹が大きく鳴った。

(うわっ、恥ずかしい！)

「き、聞こえちゃいました？　あまりにいい香りだったもので……」

正直に言うと、紗良は嬉しそうに「わかります」とうなずいた。

「パンの香りって、すごく惹《ひ》かれるんですよね。毎朝のことなのに、少しも飽きないんですよ。あの、もしよろしければ朝食のご用意をいたしましょうか」

「いいんですか?」

「少しはやいですけど、これくらいなら大丈夫ですよ」

空腹を自覚してしまったので、花帆は紗良の厚意に甘えることにした。食後に散歩をすれば、いい腹ごなしになるだろう。

「それじゃ、お願いできますか?」

「かしこまりました。では、テーブルにご案内しますね」

誰もいないダイニングルームには、明るい朝日が差しこんでいた。昨夜もここで食事をしたが、朝と夜では受ける印象がまるで違う。ロマンチックで落ち着いていた夜とは異なり、いまはさわやかですがすがしい。

窓際の席で待っていると、銀色のトレーを手にした紗良が近づいてきた。

「お待たせいたしました」

「わ、美味しそう!」

テーブルに置かれたのは、オレンジジュースがそそがれたグラスと、大きなお皿。盛りつけられているのは、みずみずしいサラダとエッグベネディクトだ。

猫番館のエッグベネディクトは、イングリッシュマフィンを水平にカットして、トーストしたものに具材が載せられている。パンからはみ出るほど長いベーコンに、落とし卵とも呼ばれるポーチドエッグ。その上から黄色いオランデーズソースがたっぷりかけられていて、刻んだパセリがふりかけられていた。

「いただきます！」

両手を合わせた花帆は、うきうきしながら食事をはじめた。

ポーチドエッグにナイフを入れると、やわらかい白身に包まれた半熟の黄身が、とろりと流れ出る。ふんわりもっちりとしたイングリッシュマフィンの食感に、カリカリになるまで焼かれたベーコンの塩気。オランデーズソースには、卵黄とバターのコクがしっかり残されていて、具材に絡めて口にするたび、幸福感が体を満たした。

（ああ、なんて贅沢）

せわしない日常から切り離された、優雅な朝食。これぞホテルの醍醐味《だいごみ》だ。

ゆったりと食事を楽しんでいたとき、テーブルの上に置いてあったスマホが鳴った。泊まりで出張中の母からメッセージが届いている。気に入っている全国チェーンのビジネスホテルがあるから、今回もそこに宿泊したのだろう。

〈おはよう！　いま朝ご飯食べてるの　そっちはどう？〉

メッセージのあとには、母が撮ったらしきご飯やお味噌汁《みそしる》、玉子焼きなどの写真が添えてある。今朝は和食の気分だったようだ。

花帆はすぐに返事を打った。

〈私もちょうど朝ご飯！　せっかくだからスペシャルなものにしちゃった〉

送信してから、食事の前に撮影しておいたエッグベネディクトの写真も送る。一分もたたないうちに返事が来た。

〈それ、エッグベネディクト!?　美味しそう！　私も食べたかった〜〉

素直にうらやましがる母の顔を思い浮かべて、口角が上がる。

母とは同じ職場で働いているが、花帆が家を出てからは、一緒に旅行をしたことは一度もなかった。母であり、師匠でもある大事な人。近いうちに、ふたりでのんびり過ごす時間をつくってもいいかもしれない。

〈次は一緒に泊まって、美味しいご飯を食べようか〉

メッセージを打った花帆は、窓の外に広がる空に目を向ける。

猫番館で感じた、あたたかく優しいこの気持ち。これから手がける新作にこめて、見た人が幸せになれるようなドレスをつくりたい。

微笑んだ花帆は、まだ見ぬ純白のドレスに思いを馳《は》せた。

Tea Time

一杯目

どなたさまも、ごきげんよう。

ここは横浜山手《よこはまやまて》にたたずむ、美しい猫と薔薇《ばら》が名高い洋館ホテル。

本日も、ホテル猫番館《ねこばんかん》へようこそおいでくださいました。もはや皆様方は、当館の熱心なリピーターと申し上げても差し支えはございません。此度《こたび》も看板猫のわたし、マダムが皆様方を非日常の世界へとご案内したく存じます。

――さて。

季節は移ろい、気づけば十月も終わろうとしています。

長毛種のわたしを苦しめた夏は遠くなり、ずいぶんと秋らしくなってきました。横浜の紅葉はまだ先ですが、ホテル自慢のイングリッシュガーデンでは、秋咲きのコスモスが風に揺れています。さわやかな空気に溶ける、かぐわしい金木犀《きんもくせい》の香りに、秋を感じる方も多いことでしょう。

そんな十月最後の日——なんの日かはもう、おわかりですね？

ホテルのロビーは、十月に入ったころから飾りつけがされています。

展示されているのは、大小さまざまなオレンジ色のカボチャに、LEDライトなるもので光るジャック・オー・ランタン。ひときわ大きなカボチャには黒いとんがり帽子がかぶせられ、赤いリボンをつけた竹ぼうきが遊び心を刺激します。そこに造花のもみじを散らすことで、秋らしさも演出されていました。

「うんうん。ハロウィンって感じでいいですねー」

満足そうに笑ったのは、学生アルバイトの梅原《うめはら》くん。

フロントで働く彼の頭には、ふさふさとした狼《おおかみ》の耳がついています。この位置からは見えませんが、お尻のあたりには立派な尻尾も生えているはず。猫番館ではハロウィンの当日、スタッフがちょっとした仮装をして、お客様の目を楽しませているのです。

「本城《ほんじょう》さんは吸血鬼《ヴァンパイア》かぁ。カッコいいけど、マント羽織っただけですね」

「別にいいだろ。『ちょっとした仮装』なんだから」

梅原くんの隣に立つ要《かなめ》は、制服のシャツとベストの上から、襟《えり》の立ったマントをつけています。去年はたしか、いまの梅原くんと同じ狼男だったような。ここ何日かは仕事が立てこんでいたらしく、仮装まで気を回す余裕がなかったのでしょう。

「それらしいメイクとかすればいいのに。えーと、ヴィジュアル系とか？」

「大却下。断固拒否する」

ヴィジュアル系メイクの要……。想像がつかないだけに、見てみたい気もしますね。

「おおっ、市川《いちかわ》さんは魔女っ娘《こ》だ！　可愛《かわい》いなー」

梅原くんの視線に気づいたのか、ベルスタッフの小夏《こなつ》さんが近づいてきました。

彼女が身に着けているのは、黒いとんがり帽子に膝《ひざ》丈のブラックドレス。帽子についている猫のマスコットやカボチャ型のブローチは、小夏さんの私物でしょうか。

「市川さん、お疲れ様です！　魔女コスプレ、めっちゃ似合ってますよ」

「ほんと？　ありがと。この服、友だちの結婚式に出るときに買ったんだ」

「へえ。ちょうどいいのがあってよかったですね」

楽しそうに話す梅原くんと小夏さんの横で、要がぼそりとつぶやきます。

「魔女コスプレか……。紗良《さら》さんもやってくれないかな。シスターとかでもいい」

「残念ながら、紗良ちゃんは今年も猫耳だけです。厨房《ちゅうぼう》スタッフに仮装する暇はないですからね。天宮《あまみや》さんはいつものことながら断固拒否だし」

「だろうね。まあ猫耳は猫耳で可愛いし、あとで見に行こう」

要がちゃっかり、そんなことを言ったときでした。

「おや、みなさんおそろいで。おはようございます」

ふり向いたわたしたちは、大きく目を見開きました。

そこに立っていたのは、ひとりの紳士。顔の上半分をきらびやかな仮面で覆《おお》い、ヒラヒラした胸飾りがついた、華やかな衣装を身にまとっています。これはまた、いったいどこの舞踏会から抜け出してきたのでしょう！

我に返った要が、謎の貴族に笑いかけました。

「おはようございます、支配人。今年はさらにパワーアップされましたね」

「ははは、すごいでしょう。この仮面はお土産《みやげ》でもらったんですよ」

嬉《うれ》しそうに答えながら、支配人は美麗な装飾がほどこされた仮面をはずします。

「上の息子がイタリア旅行をしたときに、ヴェネツィアで買ってきてくれましてね。ハロウィンの仮装に使えばいいいと。衣装もこの仮面に合うものを調達しました。少々派手かとも思いましたが……」

「そんなことないですよ。とてもよくお似合いです」

「さすが支配人、本格的だなぁ。俺も来年は貴族コスプレやってみたい」

ふふふ。真打ちの登場で、よりいっそうハロウィンらしくなってきましたね。

さあ、楽しいパーティーのはじまりです。

二泊目

ホテリエの矜持

Yeast doughnuts

「ぬ、お、お、お、お――――」

腹の底から声をしぼり出しながら、梅原翔太《うめはらしょうた》はペダルを漕《こ》ぐ足に力を入れた。

電動アシスト自転車とか、マウンテンバイクとか。

そんな便利で高価なものは、自分にとっては贅沢品《ぜいたくひん》だ。愛用していたママチャリは、少し前に壊れてしまった。いま乗っているのは、大学の先輩から格安で譲ってもらった中古車だ。卒業までは、これでなんとかしのぎたい。

(くっそー。バイクがあれば、こんな坂道なんてものともしないのに)

JR石川町《いしかわちょう》駅付近から、山手《やまて》の高台に向かって伸びる地蔵坂《じぞうざか》。

それなりに長さがあって、はじめはゆるやかな坂道だが、次第に傾斜がきつくなっていく。ギアのない自転車でのぼるには、かなりの体力と根性が必要だ。筋トレがしたいわけではないのに、結果的にはビシバシ鍛えられている。

「これ、マジで、きっつ……!」

ぜいぜいと息を切らしながら、とんでもなく重いペダルを漕いでいると、後方からエンジン音が近づいてきた。ヘルメットをかぶった男を乗せた原付が、翔太の横をすうっと通り過ぎていく。あっという間に遠ざかる後ろ姿には、見覚えがあった。

(あれ、桃《もも》センパイだったよな?)

桃センパイこと桃田大和《ももたやまと》は、翔太と同じホテルでバイトをしている大学生だ。

大学は別だし、学年も桃田のほうがひとつ上。働いている部署も違うのだけれど、なんとなく馬が合う相手だ。積極的に人づき合いをするタイプではないので、話しかけるのはほとんどこちらのほうからなのだが。

（桃センパイも今日、バイトなのかな）

そんなことを考えながら、翔太はその場に足をついた。

頂上までもう少しなのだが、さすがにもう限界だ。ペットボトルの水を飲み、乱れた呼吸をととのえる。水が喉《のど》を通ると同時に、火照《ほて》った体を冷たい風が冷やしていった。

十一月に入ると、昼間の気温もだいぶ低くなってきた。見上げた空は雲ひとつない秋晴れで、苦労してのぼってきた坂に目をやれば、はるか向こうに横浜《よこはま》ランドマークタワーがそびえているのが見える。なかなか悪くない光景だ。

小休憩のあとは自転車を押しながら、曲がりくねった坂を歩いてのぼり切る。

「よっしゃ！　そんじゃ、もうひと頑張りしますかー」

地蔵坂上の交差点は、山手本通りとつながっている。サドルにまたがった翔太は、ふたたびペダルを漕ぎ出した。この通りを進んでいって、ある地点で横道に入れば、バイト先のホテル猫番館《ねこばんかん》に到着する。

山手本通りに入った翔太は、元町《もとまち》公園のほうに向かって自転車を進めた。

猫番館は元町公園よりも手前だが、さらに進むと港の見える丘公園につきあたる。外交官の家やベーリック・ホール、エリスマン邸といった有名な西洋館は、この通りの付近に点在していた。

地蔵坂にくらべれば、はるかに平坦で楽な道を走っていたとき、またしてもバイクに追い抜かれた。今度は原付ではなく、クラシックテイストのオートバイだ。

「ん?」

風のように走り去っていった赤いバイクは、岡島《おかじま》支配人のものではないか?

すぐに通り過ぎてしまったし、フルフェイスのヘルメットで顔もわからなかったが、見覚えのあるバイクだったような気がする。支配人も自分と同じく、今日は午後からの出勤なのだろうか。

(やっぱりいいなあ。俺も自転車《チャリ》じゃなくてバイクがほしい)

そう思ってコツコツ貯めてはいるのだが、現在の貯金額は微々たるもの。

隣県のはずれに実家がある翔太は、大学進学を機に家を出た。いまは市内のアパートでひとり暮らしをしている。閉鎖的な田舎が嫌で、都会の大学に通いたかったのだ。幸い成績はよかったから、学費の安い国公立に受かることができた。

下には弟と妹がいるし、親にはあまり負担をかけたくなかったので、学費は奨学金を借りている。家賃と光熱費は親が出してくれているが、それ以外の生活費はバイト代でまかなっていた。食費や通信費はもちろん、ほかにもお金がかかるため、貯金まではなかなか手が回らないのが現状だ。

(夏休みは稼げたけど、エアコンが壊れたのが痛かったよなぁ……)

生活に必要なものはケチれないし、漫画やゲームといった娯楽費も、ある程度は確保したい。友だちとの食事や飲み会にも行きたいし、待望の二十歳《はたち》になったからには、いろいろなお酒も飲んでみたい。そのためにも稼がなければ。

つらつらと考えているうちに、猫番館に到着した。

敷地をぐるりと囲んでいるのは、細かい装飾がほどこされた錬鉄製の柵。内側には生け垣があって、目隠しの役目を果たしていた。

スタッフ用の駐車場には、桃田の原付と支配人のバイクが停められている。原付はともかく、支配人の愛車はほれぼれするほど格好いい。自分もいつかは支配人のように、ワイルドな革ジャンを着て、颯爽《さっそう》とバイクを乗りこなすような男になりたいものだ。

自転車を停めた翔太は、専用の出入り口から館内に入った。

「おはようございまーす」

「おや梅原くん、おはようございます」

「さっき自転車で坂をのぼってたの、やっぱりおまえだったのか」

男性用の更衣室に入ると、そこには予想通り、支配人と桃田がいた。さきほど自分を追い抜いていったのは、やはりこのふたりだったようだ。

ロッカーを開けた翔太は、着替えをしながら話しかける。

「桃センパイ、今日は厨房《ちゆうぼう》？」

「ああ」

コックコート姿の桃田が、無表情でうなずく。

はじめはウェイターとして入ったのだが、最近は天宮《あまみや》シェフにスカウトされて、調理助手の仕事もしていると聞いた。器用で忍耐強いところを買われたようだが、あの気むずかしいシェフのお眼鏡にかなうなんて、只者ではない。

「今日は天宮さんと早乙女《さおとめ》さん、ふたりともいるからな、料理人は足りてるから、高瀬姪《たかせめい》さんの手伝いで、パン生地のストックをつくることになってる」

「へー。天宮さんは怖いけど、姪さんなら優しく教えてくれそう」

「天宮さんもああ見えて優しいぞ」

「マジっすか!?」

姪さんこと高瀬紗良《さら》は、猫番館でただひとりの専属パン職人だ。同じ厨房でパティシエとして働く高瀬誠《まこと》の姪だから、区別のためにそう呼ばれているらしい。

彼女が入社したのは、翔太がバイトをはじめたころとほぼ同じ。おっとりしていて可愛《かわい》いなと思って、最初は「紗良さん」と呼んでいたのだが、コンシェルジュの本城要《ほんじょうかなめ》に「なれなれしい」と笑顔でどつかれた。それからは桃田と同じ呼び方をしている。

「調理助手って、料理の下ごしらえとかするんでしょ？　そのうえパンまでつくれるようになったら、桃センパイ、料理スキル爆上がりじゃないですか」

「料理ができるに越したことはない」

「ですよねー。俺も自炊《じすい》はしてるんですけど、簡単なものしかつくれなくて」

そんな話をしていると、出入り口のドアがノックされた。

「はーい！」

「あ、高瀬です。ちょっとよろしいですか？」

噂《うわさ》をすればなんとやら。聞こえてきたのは紗良の声だった。

「大丈夫ですよー。いま開けます」

翔太がドアを開けると、目の前に立っていた紗良が「お疲れさまです」と微笑《ほほえ》んだ。作業中に抜け出してきたのか、調理用の衛生帽子と前掛けをつけている。

「正午の賄《まかな》いが余っているんですけど、よかったら食べますか？」

「え、いいんですか？　ぜひぜひ！」

「それじゃ、梅原くんと……中に支配人と桃田くんもいらっしゃいますよね？　おふたりのぶんもありますので、訊《き》いてもらえますか？」

「了解です！」

思わぬ幸運に、翔太は心の中でガッツポーズをした。

午後から出勤するスタッフの賄いは、夕方の休憩時に用意される。正午の賄いが余ったときは、今回のように声をかけてもらえることがあった。

紗良はときどき、開発中の新作パンを試食させてくれるので、それも楽しみのひとつになっている。最近のヒットは、喫茶室で提供している欧風《おうふう》ビーフカレーをベースにしたというカレーパンだ。サクサクとした食感の衣に、ふんわりしたパン。フィリングにはやわらかく煮込まれた牛肉のかたまりがごろごろ入っていて、大満足の一品だ。

昼食は家を出る前にとってきたが、そのカロリーは何キロも自転車を漕いできたことで消費されてしまった。すぐに賄いを出してもらえるのは助かる。

支配人と桃田も食べることを伝えると、紗良はにっこり笑って言った。

「わかりました。休憩室に用意しておきますね」

すばやく制服に着替えた翔太は、いそいそと休憩室に向かった。仕事がはじまるのは十四時からだが、自転車通勤で疲れた体を休ませたいこともあり、猫番館にはできるだけはやめに来ている。そのため時間には余裕があった。

テーブルの上に置いてあったのは、バゲットを使ったサンドイッチ。切りこみを入れたバゲットに、あふれんばかりの豚肉と野菜が挟まっていて、食欲をそそる。

「いただきまーす」

席に着いた翔太は、大口を開けてサンドイッチにかぶりついた。

(おお、うまっ!　焼き肉サイコー!)

バゲットはサンドイッチ用に焼いたのか、普通のものより食感がソフトで、歯切れもよくて食べやすい。薄切りの豚肉にはほどよく脂身《あぶらみ》がついていて、塩レモン風味のタレを絡めてさっぱりした味に仕上がっていた。

賄いで肉が食べられるのはありがたいし、レタスやトマトで野菜もとれる。パンに塗られたマスタードのぴりっとした辛味も、ちょうどいいアクセントになっていた。フランスパンはかたくて少し苦手なのだが、これなら美味《お》しく食べられる。

夢中になって頬《ほお》張っていると、向かいに座る支配人が口を開いた。

「そうだ。梅原くん、今日はフロント以外の業務もやってみませんか?」

「フロント以外？」

きょとんとする翔太に、支配人は笑顔で続ける。

「今日はフロントの人手も足りていますからね。いい機会ですし、スイートルームの接客を担当してみましょうか」

「えっ！　そんな仕事、俺がやっても大丈夫なんですか？」

「もちろん、ひとりじゃないですよ。本城くんの補佐として、という意味です」

ああ、そういうことか。翔太はほっと胸を撫《な》で下ろす。

「面接のとき、梅原くんはアルバイトをするのははじめてだと言いましたね。あれから一年半ほどたっていますが、猫番館以外で働いたことはありましたか？」

「いえ、ずっとここだけです」

横浜に引っ越してきた翔太がまずとりかかったのは、バイト探しだった。

大学生協には家庭教師の求人があり、時給もよかった。どうしようかと悩んだが、人に勉強を教えることが得意ではなかったのであきらめたのだ。

ホテル猫番館のことを知ったのは、たまたま目にした求人サイトに情報が載っていたから。アパートから通える距離で、バイトにしては時給も高め。飲食店よりはおもしろそうだと思って応募したら、無事に採用してもらえた次第だ。

フロントの仕事に慣れてからは、もうひとつバイトを増やそうかとも考えたが、それにかまけて単位を落としでもしたら本末転倒だ。猫番館だけでも生活には困らないし、このまま卒業まで続けたいと思っている。

そう言うと、支配人は「なるほど」とうなずいた。

「学生のうちに多くの仕事を経験するのもいいですが、ひとつのアルバイトを長く続けることも、成長の糧《かて》になりますよ」

「成長の糧……」

「どちらにせよ、社会人になる前に、お金を稼ぐことの大変さを知っておくのはよいことです。働いていればときに理不尽なことも起こりますが、それもまた現実です。同時に働くことの楽しさや、仕事のやりがいも味わってもらいたいとも思いますね。それらの経験は、自分の軸を支えるために必要な力となるはずです」

真剣に耳をかたむけている翔太に、支配人は深い慈愛の目を向ける。

「ほかにアルバイトをしていないのであれば、なおさら猫番館でいろいろな経験を積んでほしいですね。社会に出たとき役立つ技能や、備えておくべき常識を、いまのうちにしっかり学んでおきましょう」

「はい！」

――スイートルームか……。

そこはホテルの中でも特に豪華で、至福のひとときを約束された、最高の客室。

補佐とはいえ、支配人はその部屋に泊まるお客の担当をまかせてくれたのだ。緊張はするけれど、はじめての仕事を楽しみに思う自分もいる。

(よし。腹ごしらえもできたし、頑張るか!)

翔太は胸を躍《おど》らせながら、サンドイッチの最後の一口を飲みこんだ。


数時間後――

「こちらがお部屋でございます」

コンシェルジュの要がうやうやしくドアを開けると、その向こうには非日常の世界が広がっていた。

「あらー、ステキなお部屋!　奮発した甲斐《かい》があったわぁ」

声をはずませながら中に入っていったのは、背の高い女性の宿泊客だった。

年齢はおそらく、五十歳くらい。ベージュのトレンチコートにデニムパンツという格好で、小ぶりのショルダーバッグを肩掛けにしている。

彼女のあとに要が続き、最後に翔太が足を踏み出し――

（っていうか、重っ！）

翔太は顔を引きつらせながら、手にしている大きなボストンバッグに視線を落とした。

有名な海外ブランドのロゴが入ったこれは、女性客からあずかり、翔太が運んできたものだ。革製だからバッグの重量もあるだろうが、それを差し引いても重すぎる。旅行の荷物が多い女性はたくさんいるけれど、いったい何が入っているのだろう。

階段をのぼっているときも、うっかり落としてしまわないよう必死だった。エレベーターがないことを、あれほど恨めしく思ったのははじめてだ。

「薔薇《ばら》園がよく見えるわねー。見頃の時季に予約がとれてよかったわ」

窓辺に立った女性客が、嬉《うれ》しそうに言う。

チェックインの際、彼女は涼しい顔でこのバッグを持っていた。だから何も考えずに受けとったのだが、あのときは本気で腕がもげるかと思った。こんなヘビー級の荷物をものともしないなんて、只者ではない。

「黒木《くろき》様、コートをおあずかりいたします」

女性客が脱いだコートを、背後に立つ要が受けとった。ハンガーにかけてクローゼットにしまう。

何気ない動作のひとつひとつがスマートで、なおかつ少しも無駄がない。思わず見とれていると、クローゼットの扉を閉めた要がふり返る。

「梅原くん、お荷物を」

「は、はいっ」

よたよたしながら近づいていくと、要がバッグを受けとった。おそろしく重たいはずなのに、彼は眉ひとつ動かさない。

白手袋をはめているから見えないけれど、いま、自分の手のひらは真っ赤になっているだろう。それでも宿泊客の前では、そんなことなどおくびにも出さず、平常心で接しなければならない。それがホテリエというものなのだ。

黒木と呼ばれた女性客が、申しわけなさそうに言う。

「そのバッグ、重いでしょ？　泊まりのときはいつも荷物が多くなっちゃうのよ。ごめんなさいね」

「お気遣い痛み入ります。問題ございませんので、どうぞお気になさらず」

にこやかに答えた要が、バッグを所定の場所に置いた。

重さをまったく感じさせない、なめらかな動き。置き方ひとつとっても、お客の荷物を大事に扱っていることがよくわかる。ガサツな自分とは大違いだ。

黒木氏がソファに座ると、要は部屋の設備について説明をはじめた。

ドアの近くに控えた翔太は、目だけを動かして室内を見回す。

(やっぱりすごい部屋だなあ……)

スイートルームに入ったのは、これがはじめてというわけではない。

前に一度、休館日に見学させてもらったことがあった。だから間取りや内装は知っているのだが、こうしてふたたび目にすると、その豪華さに圧倒される。

リビングダイニングとベッドルーム、そしてバスルームを合わせた広さは、一般客室の数倍はあるだろう。ゆとりのある空間には、贅を尽くしたクラシカルなインテリアが配置されている。館内でもっとも日当たりがよく、窓からはホテル自慢のローズガーデンを見下ろすことができた。

優しく体を受け止めてくれるソファでゆったりくつろぎ、部屋まで運ばれてくる極上のフランス料理に舌鼓《したつづみ》を打つ。いい香りのお風呂に入って疲れを癒《いや》し、寝心地のよいベッドでぐっすり眠れば、幸せな気持ちで目覚めることができるに違いない。

ぼんやり想像していると、ふいに声をかけられた。

「梅原くん」

「――えっ!?」

我に返った翔太は、あわてて目線を正面に戻した。いつの間にか待機姿勢が崩れ、だらしない猫背になりかけている。

要が何を言いたいのかは、すぐにわかった。

（踵《かかと》はそろえて、膝《ひざ》は曲げない。あごは床と平行になるようにして、背筋はまっすぐ！）

研修のときに学んだ立ち姿を思い出し、瞬時に姿勢を立て直す。

支配人は威圧することなく、丁寧に教えてくれたのだが、研修自体は厳しかった。待機姿勢やお辞儀の仕方は徹底的に叩きこまれ、完璧にマスターするまでは、現場に出ることを許されなかったくらいである。

翔太が姿勢を正すと、要はかすかにうなずいた。心の中でほっとする。

その場で注意をしたくても、お客の前でそれはできない。そんなことをしたら、お客を嫌な気分にさせてしまう。自分には関係なくても、誰かが叱《しか》られているのを見てしまったら、もやもやとした気持ちになるだろう。

だから猫番館では、言いたいことがあるときは、何気ない呼びかけやアイコンタクトで伝えている。お客に気づかれないよう、最低限の動作で意思を疎通させることができるのも、ホテリエに求められる能力のひとつだ。

お茶の準備をするために客室の外に出ると、翔太はしょんぼりとうなだれた。

「あの……。さっきはすみませんでした」

「すぐに気づいてくれてよかったよ。立て直し方も悪くなかった」

叱責《しっせき》を覚悟したが、要の表情はおだやかだった。

「梅原くん、フロント以外の仕事は今回がはじめてなんだろ？　緊張しすぎて逆に気が抜けることもあるよ。俺だって、新人のころは似たようなことがあったし」

「本城さんも？」

「はじめから完璧にできる人なんて、めったにいないよ。しっかり反省して、次から気をつければいい」

要は怒るどころか、落ちこむ翔太をはげますように優しく言った。

「こういうときは、いつまでも引きずって、暗い顔をしているほうがいただけないな。お客様の立場になって考えよう。どんよりしたスタッフに接客されて、楽しい気分になる人がいるかな？　下手《へた》をすれば歓迎されていないと思うかもしれない」

たしかにその通りだ。顔を上げた翔太は、「わかりました」と微笑む。

「気持ちを切り替えて頑張ります」

「そうそう、その意気」

笑顔になった要が、翔太の肩をぽんと叩いた。

「ホテルの評価を決めるのは、外観や内装、設備や食事だけじゃない」

要は落ち着いた口調で続ける。

「もちろんそれらも大事な要素だけど、同じくらい大切なのが、そこで働くスタッフの態度や印象だよ。スタッフが生き生きと仕事をしていれば、お客様にもそれが伝わる。内なる輝きって言えばいいのかな」

「内なる輝き……」

「梅原くんも、その光のひとつだよ。バイトだろうと正社員だろうと関係ない。猫番館の看板を背負う者のひとりとして、誇りを持って仕事にとり組んでもらいたいな」

「はい！」

「いい返事だ。それじゃ、急いでお茶の準備にとりかかろう」

要の言葉で気持ちを立て直した翔太は、彼のあとについて歩き出した。

スイートルームはウェルカムドリンクとして、よく冷えたシャンパンが用意される。お酒が飲めないお客のときは、別の飲み物を出すそうだ。黒木氏はシャンパンが苦手だとのことで、代わりに紅茶とケーキを提供することになっている。

翔太が運び入れた配膳用のワゴンの上には、紅茶を淹《い》れるための道具と茶器。ポットやティーカップは、オーナー室にあるコレクションの中から、黒木氏の趣味に合いそうなものをセレクトした。選んだのはもちろん要だ。

茶葉を入れて蒸らしているポットには、保温のため布製のカバーがかぶせてある。要はそのカバーをとると、ティーストレーナーなる茶こしを使って、あたためておいたカップに紅茶をそそいでいった。

ポットから出る最後の一滴は、ゴールデン・ドロップとも呼ばれていて、紅茶の旨味《うまみ》が凝縮されているらしい。特に美味しいとされているその一滴まで丁寧にそそいでから、要は満足そうに顔を上げた。

「梅原くん」

「はい」

支度が終わると、翔太はソーサーに載せたカップを黒木氏のもとに運んだ。

テーブルの上には、先に出しておいたケーキが置いてある。メレンゲ生地の土台に、濃厚なマロンクリームをしぼって山に見立てたモンブランだ。大粒の和栗《わくり》を使った秋の限定スイーツで、喫茶室で人気を博している――という話を要から聞いた。

「黒木様、お待たせいたしました」

（ひえー……手が震える）

こぼさないよう細心の注意を払いながら、翔太はテーブルの上にカップを置いた。安堵《あんど》の表情を浮かべたとたん、黒木氏がおかしそうに笑う。

「初々《ういうい》しいというか、一生懸命で微笑ましい感じだわー。キミ、新人さん？」

「あ、いえその、新人というわけでは……」

どう説明すればいいのか迷っていると、要が助け船を出してくれる。

「梅原は普段、フロント業務に就いておりまして。スイートルームを担当するのは、本日がはじめてとなります」

「ああ、そういうことなの。初仕事って緊張するわよねえ。私もはじめて法廷に立ったときは、依頼人に心配されちゃうくらいガチガチだったし」

カップに口をつけた黒木氏が、なつかしそうに目を細める。

「ま、勝訴したからよかったけど。あのときはまだ二十代の小娘でねー」

どうやら彼女の職業は、弁護士らしい。

若いころから続けているなら、すでにベテランの域に入っている。結婚指輪はつけていないが、独身なのだろうか。一泊で十万円近くもするハイシーズンのスイートルームにひとりで宿泊するとは、なんとも贅沢でうらやましい。

「私がやってる法律事務所にも、若手の部下がひとりいてね。最年少とはいえ、もう三十なんだけど」

　黒木氏の視線が翔太に向けられる。

「入所したばかりのころは、ちょっと不愛想だけど、真面目で可愛い男の子だったのよねー。それがいまじゃ、すっかりふてぶてしくなっちゃって。まあ、優しいだけじゃ通用しない世界だし、あれくらいがちょうどいいのかもしれないけどね」

　カップをソーサーに置いた黒木氏が、今度は要のほうを見た。

「猫番館のことは、その部下から話を聞いて知ったのよ。泊まったのは今年の一月くらいだったかしら。ベッドの寝心地がよくて、食事も美味しかったって褒めてたわ」

「お気に召していただけたようで光栄です」

「あの堅物が手放しで褒めるなんて、どんなホテルなのかなと思ってね。興味が湧いて調べたら、薔薇が有名だっていうじゃない？　ほんとは五月に泊まりたかったんだけど、都合がつかなくて見送ったの。でも、秋の薔薇もきれいね」

　黒木氏が微笑むと、要もそれに応《こた》える。

「ありがとうございます。当館のローズガーデンは夜間のライトアップも行っておりますので、ぜひ間近でお楽しみくださいませ」

猫番館はリピート率が高く、一度泊まると、その後も継続して予約を入れてくれる人が多いと聞いた。年に何度も来館し、翔太とも顔見知りになった常連客もたくさんいる。また泊まりたいと思わせるような魅力が、猫番館にはあるのだろう。

そして黒木氏のように、実際に宿泊した知り合いから話を聞いて、興味を持ってくれる人も多かった。こちらから宣伝するのも一定の効果は見込めるだろうが、それ以上に身近な人の口コミは強力だ。

「あ、そうだ。ここに高瀬っていうパン職人さんがいるわよね?」

「高瀬ですか?　はい、おりますが……」

戸惑う要に、黒木氏は笑顔で言った。

「そのパン職人さん、さっき話した部下の妹なのよ」

「えっ!?」

めったなことでは動揺しない要も、これにはおどろいたらしい。

有能なホテリエの仮面がはずれ、眼鏡の奥の目が大きく見開かれる。

(つまり黒木様は、姪さんのお兄さんの上司……!?)

紗良の兄が猫番館に宿泊したことがあるなんて、はじめて知った。しかし要の表情を見れば、事実だとわかる。

「お兄様のお名前は……冬馬《とうま》さんでしたか」

「あら、よくご存じね。もしかして妹さんから聞いた？」

「それもありますが、その方が来館された際、私がチェックインを担当いたしましたので……。少しですがお話もしました」

どうやら要は、紗良の兄に会ったことがあるようだ。

納得したようにうなずいた黒木氏が、「実は」と続ける。

「うちの高瀬が泊まったとき、妹さんが朝食のパンをお土産《みやげ》に包んでくれたの」

「朝食のパンですか？」

「あの日は急な出張で、高瀬にも集合をかけたのよ。急に決まったものだから、私は朝ご飯を食べずに家を出たんだけど、高瀬はそれを見越していてね。妹さんにお願いして、私の朝食用にパンを分けてもらったんですって」

「そんなことが……」

そのときのことを思い出しているのか、黒木氏はうっとりした表情になる。

「袋に入ってたのは、バターロールとクロワッサン、それからりんごとクリームチーズのパンだったわね。私、あのときは前の日から仕事が忙しくて、ろくに食事をとってなかったのよ。だから本当に嬉しかったわ」

そう言って、黒木氏は幸せそうに口元をほころばせた。

「あのときのパンの味が忘れられなくてね。猫番館に予約を入れたのも、ここに泊まればまたあのパンが食べられるかなって思ったからなの。あと、できることなら妹さんにも直接お礼が言いたいんだけど」

「パン職人の高瀬でしたら、明日の朝食時に会えますよ。彼女がスイートルームのサーブを担当することになっておりますので、こちらのお部屋にうかがいます」

「あらほんと？　楽しみだわぁ」

黒木氏の明るい声が、室内の雰囲気をなごませる。

要が二杯目の紅茶を淹れるころには、ガチガチに緊張していた翔太も、自然な笑みを浮かべられるようになっていた。

「ぐ、お、お、お、お―――」

翌日、翔太は昨日と同じように、中古自転車で地蔵坂をのぼっていた。

土日は大学が休みだから、長時間バイトに入れる。ホテルは今日も満室だし、バリバリ働いて稼いでいこう。

「でもこれは、やっぱムリ……」

気合いはじゅうぶんだったが、途中でギブアップして、自転車を押しながら歩くことになるのは変わらなかった。地蔵坂で桃田に追い抜かれ、山手本通りで支配人に先を越されるのもまったく同じ。まるでデジャブだ。

代わり映えはしないが、日常とは得てしてそんなもの。

だから人は非日常を求めて、ホテル猫番館の門をくぐるのだろう。

「おはようございまーす」

「梅原くん、おはようございます。今日も元気そうですね」

「……………」

更衣室に入ると、中にはやはり、支配人と桃田がそろっていた。ここまでは昨日と同じだったのだが――

「どうしたんすか桃センパイ、ハムスターみたいな顔して」

桃田は私服のままスツールに腰かけ、口をもごもごさせていた。口の中にものが入っているから、声を出せないらしい。彼が指差した先には小さなテーブルがあり、通常よりも小ぶりのパンを盛りつけたカゴが置いてあった。

「さっき、高瀬さんが持ってきてくれたんですよ」

支配人が教えてくれる。この場合の高瀬は姪のほうだろう。

「朝食ビュッフェのパンが余ったので、好きに食べてくださいとのことです」

「いいんですか？　やった！」

昨日に引き続き、幸運がめぐってきた。さっそくテーブルに近づいた翔太は、一番上にあったバターロールを手にとって、一口かじる。

ふっくらした形に、きれいな焼き色。溶き卵を塗ってツヤを出したバターロールは、スーパーで売られているものよりも少し小さい。中はほんのり甘く、食感はふわふわ。時間がたってもこれだけ美味しいのだから、焼きたては格別だったに違いない。

（このパン、スイートルームの黒木様も食べたのかなあ）

ぼんやり考えていると、背後から桃田と支配人の会話が聞こえてきた。

「桃田くんは来年、四年生でしょう。卒業後はどうするか、もう決めているんですか？」

「就職したいとは思うんですけど、これといって就きたい職がなくて……。いまは自己分析と業界研究をやって、自分に向いていそうな仕事を探してます」

「そうですか。大学生が全員、進みたい道をはっきり見定めているわけではないですからね。まだ時間はありますし、じっくり考えていいと思いますよ。年長者の意見が聞きたいときは、いつでも相談に乗りましょう」

――就職か……。

バターロールを食べ終えた翔太は、着替えをしながら思案する。

自分はまだ二年生だし、卒業後の進路については漠然《ばくぜん》としか考えていない。大学院に進むつもりはなく、専門学校に行く予定もないので、就職しようとは思っている。とはいえ翔太も桃田と同じで、やりたい仕事が特に思い浮かばない。自分に合いそうな仕事で、生活に困らない程度の給料がもらえればいいのだが……。

着替えを終えてひと息ついたとき、支配人が桃田に言った。

「そうそう。就職の件ですが、アルバイトの経験を生かして、同じ業種を選ぶ人もいますよ。実を言うと私がそうでしてね」

「支配人が？」

「学生時代はビジネスホテルのフロントで働いていたんですよ。水が合ったので、就職先もホテル業界に決めました。本城くんは逆で、いずれは猫番館で働くために、アルバイト先もホテルにしたようですね。まあ、そんな道もあるということで」

更衣室を出た翔太は、廊下を進んでロビーに向かった。

フロントでは、要が宿泊客と何事か話している。上品な笑みを絶やさず、落ち着いて対応しているその姿は、まさに理想のホテリエだ。

(昨日のスイートルームの接客もカッコよかったな)

挨拶《あいさつ》をしてフロントに入ると、お客を見送った要が話しかけてきた。

「梅原くん、昨日はお疲れ。スイートルームはどうだった?」

「はじめてのことばっかりで、ほんとに緊張しましたよー! でも、けっこう楽しかったです。黒木様もいい人だったし」

「それは何より。梅原くんさえよければ、これから少しずつ、フロント以外の仕事も覚えてもらおうかと思ってるんだけど。やる気はある?」

「あります!」

考えるより前に即答していた。いまはこのホテルで、多くの経験を積み重ねたい。

「俺、猫番館で働くのが好きなんですよ。だからフロントのほかにも、いろんな仕事に挑戦してみたいです」

自分はホテルの仕事が気に入っているのだ。生活費を稼ぐためにはじめたバイトだったが、思いのほか自分に合っている。いろいろな人に出会えて視野が広がるし、お客のために心を砕き、よろこんでもらえたときは、こちらも嬉しい気分になった。

いまは未熟だけれど、いつかは支配人や要のような、一流のホテリエになれたら。

それはつまり、この仕事を学生時代のバイトで終わらせたくないということで——

（なんだ。あるじゃん。やりたい仕事）

自分の気持ちがはっきりしたとき、チェックインのお客が近づいてきた。

姿勢を正した翔太は、晴れやかな笑顔でお客を迎える。

「いらっしゃいませ。ホテル猫番館へようこそ」


「じゃ、梅原くん。俺はデスクに戻るから、あとは頼むよ」

「わかりました。おまかせください！」

フロントの仕事を梅原に託し、要はカウンターの外に出た。

無人のコンシェルジュデスクには、不在を示す卓上のサインプレートが置いてある。要はプレートを取り去ってから、椅子《いす》を引いて腰を下ろした。

視線を移すと、フロントでは梅原が宿泊手続きを行っていた。

猫番館は基本的に、予約なし《ウォークイン》の宿泊は受けつけていない。チェックインの際はプリントアウト、またはスマホ等に保存された予約確認書をチェックして、ホテル側の情報と照らし合わせる。確認がとれたら宿泊者名簿に記入をしてもらい、食事の時間を決めたり、館内の設備を説明したりと忙しい。

手続きが終わると、梅原は背後に控えていたベルスタッフの小夏《こなつ》に合図を送った。近づいてきた彼女に部屋の鍵を渡せば、チェックインは完了だ。

（あらためて見てみると、ちゃんとホテリエの顔になってるじゃないか）

一礼してお客を見送る姿に成長を感じて、微笑ましい気持ちになる。

バイトをはじめたばかりの梅原は、右も左もわからないような状態で、一瞬たりともひとりになどさせておけなかった。明るくて人なつこいところはよかったが、全体的に幼いところが残っていたし、頼りなさのほうが圧倒的に勝っていた。

それがいまでは、こうしてひとりでフロントをまかせても大丈夫だと信頼できるまでに成長した。まだまだ足りないところはあるとはいえ、顔つきも一年半前にくらべれば大人びてきたし、立ち居振る舞いも洗練されてきたと思う。だからこそ、支配人もスイートルームの接客をやらせてみようという気になったのだ。

（ああ見えて、適性は高いからな）

人とかかわることが苦にならず、コミュニケーション能力も高い梅原は、接客業に向いている。究極のサービス業ともいわれるホテリエは、人嫌いではまずつとまらない。梅原はしっかり教育さえすれば、飛躍的に伸びていくだろう。正規の社員でないことが惜しいくらいだと、支配人も評価していた。

大学を卒業するまではここで働くつもりのようだし、どんな会社に入ってもやっていけるよう、社会経験を積ませておきたい。たとえホテルに関係のない業界に就職したとしても、ここで働いた経験は必ず役に立つはずだ。

フロントから視線をはずしたとき、こちらに近づいてくる男女の姿に気がついた。

昨日から二泊三日の予定で宿泊している、六十代くらいの夫婦だ。データによると、猫番館に宿泊するのは二回目だから、気に入ってもらえたのだろう。

要はすぐに立ち上がり、笑顔で迎える。

「すみません、ちょっとよろしいかしら?」

「はい、承《うけたまわ》ります」

「明日ね、娘と待ち合わせをしている場所があって。どうやって行けばいいのか教えてもらえますか?」

奥さんが口にしたのは、金沢《かなざわ》区にある複合型のレジャー施設の名前だった。海に浮かぶ八景島《はっけいじま》に、水族館やアトラクション、ショッピングモールといった商業施設が集まっている。横浜の中心部からは少し離れているが、人気の観光スポットだ。

お客の質問にはすみやかに、そして正確に答えるのがコンシェルジュの仕事だ。夫妻には椅子に座ってもらい、パソコンですばやく検索する。

「電車で行かれる場合は、まず石川町駅から大船《おおふな》方面の根岸《ねぎし》線にお乗りください。新杉田《しんすぎた》で降りていただき、シーサイドラインにお乗り換えを……」

要は説明をしながら、メモ用紙にわかりやすくまとめていく。待ち合わせ時間も教えてもらうと、余裕をもってたどり着けるよう、電車の到着時刻も記しておいた。

「よろしければ、石川町駅までのタクシーも手配できますが。いかがいたしますか？」

「ああ、そうねえ。歩いていくのは大変だし、お願いしようかしら」

「かしこまりました」

猫番館から石川町駅まで行くには、山手の高台から元町方面に向かって、坂を下っていかなければならない。地蔵坂か汐汲坂《しおくみざか》になるのだが、石川町駅なら前者だろう。それなりに距離もあるので、タクシーを使うのが無難だ。

要がタクシーの予約を済ませると、それまで黙っていた旦那《だんな》さんが、ほっとしたように微笑んだ。

「横浜にはあまり詳しくなくてね。おかげで助かったよ」

「お役に立てたのであれば幸いでございます」

「明日はね、久しぶりに娘と孫に会うんですよ」

奥さんが嬉しそうに言った。

「娘はお勤めしてるし、私たちも遠くに住んでいるから、なかなか会える機会がなかったんです。明日は娘がお休みをとれたから、孫と一緒に八景島に行くことになったの。孫は五歳の男の子なんだけど、まだ行ったことがないんですって」

「それは楽しみですね。八景島は水族館以外にもレジャー施設がございますので、飽きずにお過ごしいただけると思います」

「ありがとう。じゃ、明日はタクシーが来るまでに支度しておきますね」

夫妻がロビーをあとにすると、要は椅子に座り直した。

説明のために開いていた八景島のホームページを、じっと見つめる。

(水族館か……)

要はクラゲが好きなので、神奈川と東京の水族館は、最低でも一度は見学したことがある。八景島にも行ったし、油壺《あぶらつぼ》にあるマリンパークが閉館すると聞いたときは、最後にもう一度と思って足を運んだ。

九月には、江《え》の島《しま》の近くにある水族館に、紗良とふたりで行った。

オーナーである要の母から招待券を譲られたとき、紗良は要に、一緒にクラゲを見に行かないかと誘ってきた。あのときは紗良の熱意にほだされて承諾《しょうだく》したが、大丈夫だろうかと思ったのも事実だった。

要は基本的に、本気の趣味はひとりで楽しみたいタイプだ。そのため、写真撮影が目的の遠出や、クラゲが目当ての水族館にはひとりで行く。

交際相手がいたときは、彼女にせがまれ、水族館に出かけたことはある。

そのときは終始落ち着かず、帰るころにはどっと疲れてしまった。同行者がいると、好きなものばかりを見るわけにはいかないし、常に気を遣わなければならない。クラゲが苦手な彼女と行ったときは、展示室ごとスルーされてしまった。

そんな記憶があったので、紗良と行くのも少し不安があったのだが……。

(楽しかったな。あの日は)

思い出すだけで、自然と笑みがこぼれてくる。

要がクラゲに見とれても、紗良は過去の彼女たちのように、嫌がったり退屈そうな顔をしたりはしなかった。遠慮しているのかと思ったが、紗良は要の隣で、興味深げに水槽をながめていた。

お互いに無言でいても、まったく苦にならない心地よさ。こちらが無理に気を回さなくても、紗良は水族館を満喫していた。さすがにクラゲだけではと思い、イルカのショーを観に行くと、子どものころ以来だとよろこんでくれた。

水族館を出たあとは、裏手にある砂浜に下り、のんびり散歩をした。

『横浜の海も素敵ですけど、湘南《しょうなん》の海もいいですね！　波の音がはっきり聞こえるし』

『紗良さん、海は好き？』

『好きですよ。ぜんぜん泳げないので、中に入るのは遠慮したいですけどね』

『へえ。紗良さん、カナヅチなんだ？』

『そういう要さんはどうなんですか』

『水泳は苦手じゃないけど、プールには行かないな。海は見るだけでじゅうぶん』

『ふふ、そこは気が合いますね』

　従業員寮を出てから帰るまで、紗良はずっと楽しそうだった。どこに行こうと何をしようと、ふたりで一緒にいられることが嬉しい。言葉には出さなくても、ストレートな感情が伝わってきて、心をくすぐられた。

　波打ち際で遊ぶ紗良の姿を見ていると、いつの間にか指でフレームをつくっていた。過去の挫折《ざせつ》から、人物の写真を撮る気にはなれなかったはずなのに。

　あれはたしか――春の薔薇が終わるころだっただろうか。

　要は紗良に、いまは誰ともつき合う気はないと言った。もし次があるなら、自分から好きになった人がいいとも伝えた。告白されたからといって安易に応じると、相手との温度差が原因で、いずれは見限られてしまう。それが嫌だったからだ。

そして季節はめぐり、秋の薔薇が終わりかけている現在。

あのころとくらべれば、自分の気持ちは確実に変化している。

元から気に入ってはいたけれど、それが恋愛に通じる感情なのか、いまひとつわからなかった。だから彼女が寄せてくれる好意に気づいても、自分から行動を起こす気にはなれなかったのだ。

しかしいまは、はっきりと自覚している。

自分にとっての紗良は、たったひとりの特別な存在なのだと。


それから十日ほどがたった、ある日のこと。猫番館に一組の夫婦がやって来た。

「いらっしゃいませ、酒井《さかい》様」

「お世話になります」

要が深々と一礼すると、酒井夫妻はぺこりと頭を下げた。

酒井氏の歳《とし》は、四十代の後半だろうか。背は高いが痩《や》せ気味で、スクエア型の眼鏡をかけている。ハードタイプのペット用キャリーバッグを手にしており、灰色っぽい体毛の猫が中にいるのがちらりと見えた。

酒井氏の隣に立つふくよかな女性が、要に向けて笑いかける。

「要くん、こんにちは。会うのは何年ぶりかしら？」

「十五年ぶりくらいでしょうか。ご無沙汰《ぶさた》しております、知美《ともみ》さん」

「あらやだ、もうそんなにたつの？　時の流れってはやいわねえ」

酒井氏の妻である知美が、大きな目を丸くする。

「要くんもすっかり立派な大人になって。写真で見せてもらってはいたけど、実物のほうがいい男じゃないの。綾乃《あやの》ちゃんも鼻高々ね」

「お褒めにあずかり光栄です」

酒井知美は、要の養母である綾乃の友人だ。

母が独身時代に勤めていた会社の先輩で、お互いに退職してからも、定期的に会っていたらしい。知美が結婚して子どもを産んでからは、それぞれ子育てや仕事などで忙しくなり、年に何度か連絡をとり合う程度になったそうだ。

そんな知美が猫番館に宿泊予約を入れたのは、ひと月ほど前のこと。

もちろんそれには、理由があった。

酒井夫妻が客室に入り、ほかのお客のチェックインもほぼ終了したころ。要は赤いベルベットの椅子の上で、優雅にくつろいでいたマダムに声をかけた。

「マダム」

白い毛に覆《おお》われた大きな耳が、ぴくりと動く。

「今日もお出迎えお疲れ様。酒井ご夫妻がマダムに会いたがってるんだけど、パトロールの前に一緒に来てくれるかな？」

マダムはすぐに椅子から飛び下りた。要の顔を見上げて鳴く。

「ニャン」

「ああ、部屋番号？　二〇三号室だよ」

要の返事を聞いたマダムは、長い尻尾を揺らしながら歩きはじめた。階段をのぼっていく姿を見つめながら、フロントの梅原が感心したように言う。

「猫語と人語で会話が成立してる……。さすがだなあ」

「梅原くんもマダムの下僕になれば、自然とわかるようになるよ」

「俺もすでに下僕みたいなものですけどね」

マダムを追って二階に行くと、彼女は二〇三号室の前で待っていた。きちんと前脚をそろえた、美しい待機の姿勢。ホテル猫番館が誇る麗《うるわ》しき看板猫は、可愛いだけのマスコットではない。仕事はきっちりこなし、お客をもてなすことによろこびを感じる、接客のプロフェッショナルなのだ。

「お休みのところ失礼いたします。マダムを連れてまいりました」

「はーい。ちょっと待ってね」

ドアが開けられると、要はマダムをともない客室に入った。

二〇三号室はツインルームで、猫と一緒に泊まれる部屋のひとつだ。室内にはキャットタワーや猫用おもちゃなどが置いてあり、自由に使うことができる。通常のツインルームより割高なのだが、猫を連れて宿泊したいお客に人気だ。

マダムが知美にすり寄ると、彼女は嬉しそうにその毛並みを撫でる。

「ほんとにきれいな猫ちゃんねえ。うちのバトラーと仲よくしてもらえるかしら」

(執事《バトラー》……)

知美の視線の先には、四角い隠れ家つきのキャットタワー。その隠れ家の穴から顔を出し、こちらをじっと見つめる猫がいる。目が合うと穴から飛び出し、みずから要たちのほうに近づいてきた。尻尾をピンと立てているから、警戒されてはいないようだ。

「この子がバトラーですか?」

「ええ。アメリカンショートヘアの男の子で、二歳になったばかりなの」

膝を折った要は、ゆっくりとバトラーに手を伸ばした。銀灰色《ぎんかいしょく》に黒の縞《しま》模様という、王道の組み合わせを持つバトラーは、体をさわられても嫌がらない。

猫の二歳は、人間でいえば二十代の半ば。立派な成猫であり、若い生命力にあふれている。性格は人と同じでさまざまだが、バトラーは人なつこく、好奇心が旺盛《おうせい》のようだ。体が大きなマダムにおびえることもなく、鼻先を触れ合わせて挨拶をしている。

(長毛種はもちろんだけど、短毛種の手ざわりもいいいな)

マダムのようなツンデレ女王には大いに惹《ひ》かれるが、バトラーのように素直で甘え上手な子もやはり可愛い。というか猫であるならすべてが可愛い。

「ペンションはいつから開業されるんですか?」

「春休みに合わせて、来年の三月にオープンさせる予定です」

ベッドのふちに座った酒井氏が答える。

「いまは内装のリフォームをやってるんですよ。ほかにもやることが山のようにあって」

「それは大変ですね……。お忙しい中ご来館いただきありがとうございます。ご滞在の間はゆっくり疲れを癒してください」

「要くん。綾乃ちゃんは今日、ここにはいないのよね?」

「はい。明日には出張から戻るので、ご挨拶にうかがえるかと」

「綾乃ちゃん、こんなに素敵なホテルを経営してるなんてすごいわね。忙しいのに話をする時間もとってくれて。ありがたいわ」

酒井夫妻は来春、伊豆高原《いずこうげん》でペンションを開業する。いまは経営の参考にするため、いろいろなペンションやプチホテルに宿泊し、勉強しているのだという。その関係で、母がオーナーをつとめる猫番館にも泊まりに来たのだ。

「うちは猫番館と同じように、ペットも泊まれることを売りにするつもりなの。バトラーは看板猫ね。マダムちゃんみたいな接客はできないだろうけど、フロントにいてくれるだけでもじゅうぶんだわ」

知美の言葉に、酒井氏がうなずく。

犬や猫の同伴がOKな宿は少ないため、それを売りにするのは効果的だろう。看板猫を置くのもよい宣伝になる。ほかに大きなセールスポイントを設けるとすれば、やはり食事か。酒井氏はレストランで腕をふるう料理人だったと聞いたが……。

「こちらのホテルは料理に定評があるでしょう。私の専門はイタリア料理なんですが、参考にすべきところは積極的に取り入れていきたいですね」

「ああ、お料理！　それも目当てなのよね。パンも美味しいって聞いたけど」

「当館で提供しているパンはすべて自家製で、専属の職人が毎朝、丁寧に焼き上げております。お料理も季節の食材をふんだんに使ったフルコースですので、きっとご満足いただけると思いますよ」

「おお、それは期待が高まりますね」

「明日の朝食も楽しみだわぁ」

話を終えると、要はマダムとともに客室を出た。館内のパトロールに出たマダムを見送り、一階に下りる。

（ちょっとはやいけど休憩するか）

チェックインが終わったのか、フロントにはまったりとした空気が流れている。要はロビーを通り抜け、休憩室に足を向けた。

夕食の準備をしているのか、厨房からは食欲をそそる香りがただよってくる。

キノコや芋《いも》類、根菜に果物など、秋は美味しい食べ物が目白押しだ。たしか今月は、秋鮭《さけ》や平目をメインにした和風フレンチを出しているはず。スイートルームは伊勢海老《いせえび》や甘鯛《あまだい》を贅沢に使って、豪華に仕上げている。

（まずい。想像したらお腹《なか》が……）

いまにも鳴き出しそうな腹の虫をなだめながら歩いていたとき、つきあたりにある従業員用の出入り口が開いた。バイトの誰かだろうかと思ったが、入ってきたのは数時間前に退勤したはずの紗良だった。

「あ、要さん。お疲れさまです」

「お疲れ。これから新作の研究？」

「いえ、今日はシュトレンの仕込みをしようと思いまして」

「シュトレン……」

たしか待降節《アドヴェント》の期間に食べる、ドイツの菓子パンだったか。

パン職人の師匠から教わったというそれを、紗良は昨年もつくっていた。薔薇の見頃も過ぎたし、冬の足音が近づいていることを実感させられる。

「今年は去年よりも、ドライフルーツの漬けこみ時間を少し長くする予定なんです。より深い味わいにしたくて。あと、漬けこむ洋酒にキルシュヴァッサーも加えるつもりなんですよ。さくらんぼの蒸留酒なんですけど――」

あいかわらず、紗良がパンについて語るときの表情は生き生きとしている。

人間、好きなことを仕事にできるとは限らない。むしろそれは少数派だろう。

そして、たとえ夢がかなったとしても、厳しい現実を目の当《ま》たりにして辞めていく人もたくさんいる。仕事ではなく、趣味でやっていたほうが幸せだったという話も聞く。それでも歯を食いしばり、続けている人も多いのだ。

しかし、紗良からはそういった苦しみは感じられない。まったく悩みがないとは思わないが、パンづくりに対する純粋な愛が伝わってきて、気持ちがよかった。

楽しく聞いていた話に水を差したのは、メッセージの着信音。

すみませんと断った紗良が、コートのポケットからスマホをとり出す。

「あ、秋葉《あきば》くんからのお返事が」

「秋葉?」

要の脳裏に、ひとりの男の姿が浮かぶ。紗良とは専門学校時代のクラスメイトで、以前に猫番館で働いていたこともあるパン職人だ。

あのころの秋葉は紗良をライバル視していて、あからさまな敵意を向けていた。同じ厨房で仕事をしているうちに毒気を抜かれ、最終的には紗良のことを認めるようになったらしいが、メッセージをやりとりするほど親しくなったのか?

(いつの間に……)

「紗良さん、秋葉くんと連絡をとり合ってるの?」

気になったので訊いてみると、紗良は「はい」とうなずいた。

「実はこの前、卒業した専門学校から打診があったんです。それで年明けに、秋葉くんと一緒に卒業生講演会に出ることになって。毎年やっているんですけど、今回はわたしと秋葉くんの代に担当が回ってきたんですよ」

「なるほど……」

「パンづくりの実演もするので、秋葉くんといろいろ打ち合わせをしているんです。お世話になった学校ですし、少しでも恩返しができればと思って」

「紗良さんらしいな。仕事もあるから大変だろうけど、頑張ってね」

「はい！　あ、要さんはこれから休憩ですか？　休憩室に賄いの残りがありますので、よければ召し上がってくださいね」

紗良と別れて休憩室に行くと、たしかに賄いらしきものが置いてあった。

ホーロー鍋の中に入っていたのは、この時季には嬉しいクリームシチュー。カゴの中には、スライスされたバゲットも数切れ残っている。

要はシチューを器《うつわ》にとり分け、電子レンジであたためた。

バゲットはトースターで焼き直し、少しはやめの夕食をとる。

(寒い日に食べるシチューはいいよな)

熱々でとろみのあるシチューが、疲れた体に沁《し》み渡る。ジャガイモやニンジンはじっくり煮込まれており、玉ねぎの甘みとコクが、ホワイトソースの中にたっぷり溶けこんでいた。トーストしたバゲットともよく合っていて、空腹を優しく満たしてくれる。

「卒業生講演会か……」

スプーンを持つ手を止めた要は、さきほどの話を思い出した。

紗良と秋葉は、どちらも力のあるパン職人だ。きっと専門学校時代から優秀だったに違いない。現在もそれぞれの職場で活躍しているし、母校の講演会で講師を依頼されるのも納得できる――のだけれど。

（紗良さんと秋葉くんは、仲がいいのか？）

彼が猫番館にいたときの言動を思い出せば、ふたりが親しくなるなど考えられない。

しかし紗良は、どんなにかたくなな相手の心でも、持ち前の人柄と自家製のパンで溶かすことができるような人間なのだ。紗良への敵意をなくした秋葉を、彼女はこころよく受け入れたのだろう。

よきライバル同士で切磋琢磨《せっさたくま》しているうちに、いつしか好意を抱くようになる。

まさかとは思うが、まったくないとは言い切れない。

「そうだよな……」

要は思わず眉を寄せた。いまさらながら、気づいてしまう。

秋葉に限らず、紗良のように魅力的な女性を、まわりがいつまでも放っておくわけがないのだ。いまは要に心を寄せてくれているようだが、もっといい男にアプローチをされたら、そちらの手をとるかもしれない。紗良は要の恋人でもなんでもないのだから、彼女がどうしようと本人の自由なのだ。

それを嫌だと思うなら、やるべきことはただひとつ。

起きてもいない未来のことを、恐れている場合ではないのだ。


それから数時間が経過した、二十二時過ぎ。

(今日はこれくらいにしておくか)

事務室で仕事をしていた要は、眼鏡をはずして眉間《みけん》を揉んだ。

明日は午後出勤だし、寮がすぐ近くにあるので、つい遅くまで残業をしてしまう。傍《はた》からすればブラックに見えるのかもしれないが、仕事は少しも苦ではない。まだ先のことだが、岡島支配人が定年を迎えたら、自分が後を引き継ぐことが決まっている。そしていずれは、母からオーナーの仕事も受け継ぐのだ。後継者として、猫番館が長く愛されるホテルになるよう、できる限り貢献したいと思っている。

「あ、そうだ。最後に返信……」

仕事用のメール画面を開いた要は、夕方ごろに届いていたそれに返事を書いた。

送信先は、御園花帆《みそのかほ》。来年のブライダルフェアで、新作のウエディングドレスをデザインすることになった、新進気鋭のデザイナーだ。

花帆とは新卒のころ、一年ほど交際していた。もっとも長く続いた相手であったし、別れるときに「温度差」という理由を教えてくれたのも彼女だった。もう会うこともないと思っていたから、このような形で再会したときには動揺したが、いまでは仕事相手のひとりとして割り切っている。

『あれは人間的に好きっていう感じじゃないと思うけどな』

彼女が発した言葉のおかげで、自分が紗良に対して抱いている気持ちの種類を、はっきりと自覚することができた。それについては感謝している。

花帆に返事を送り、パソコンの電源を落としたときだった。

「ん？」

いま、どこからか猫の声がしたような……。

「ニャーン」

「……マダム？」

自他ともに認める愛猫《あいびょう》家の自分が、彼女の美声を聞き間違えるはずがない。

席を立った要がドアを開けると、そこにはやはりマダムがいた。その後ろで申しわけなさそうに尻尾を下げているのは、酒井夫妻の愛猫、バトラーではないか！

「なんでここに……」

何が起こっているのかわからず、要は目を丸くした。

マダムは寮で過ごしているのではなかったのか。それに宿泊中の猫は、ハーネスとリードでつながなければ、館内を歩き回ることはできない決まりだ。それなのに、なぜ二匹そろってこんなところに――

「と……とりあえず、バトラーくん。きみはすぐに客室に戻ろう」

好奇心が旺盛な猫のようだし、何かのはずみで抜け出してしまったのだろうか?

そして酒井夫妻は、彼がいなくなったことに気づいているのか。もしそうなら、心配して捜し回っているだろう。

要がバトラーを抱き上げると、それを待っていたかのようにマダムが歩きはじめた。どうやら彼女は、うろうろするバトラーをどこかで見つけて、要のもとまで連れてきてくれたようだ。その有能ぶりには頭が下がる。

(明日、お礼のおやつを献上しよう)

マダムに先導されてロビーに出ると、上のほうから「バトラー!」と呼びかける声が聞こえてきた。踊り場にいた知美が、あわてた様子で階段を駆け下りてくる。

「やっぱり知らない間に抜け出していたんですね」

「迷惑をかけてごめんなさい!」

知美が申しわけなさそうに頭を下げた。

「気づかないうちに、ドアの隙間《すきま》から出ていっちゃったみたいで……。部屋を捜してもいなかったから、フロントの人に伝えようと」

「そうでしたか。さっき、事務室の前にいるところを保護したんですよ」

「本当にありがとうございます。もし見つからなかったらどうしようかと……！」

要からバトラーを受けとった知美が、その体をぎゅうっと抱きしめる。心配させたことをあやまるかのように、バトラーが彼女の頬をぺろりと舐《な》めた。

何はともあれ、見つかってよかった。

ほっとひと息ついたとき、二階を捜索していたという酒井氏が、小走りで階段を下りてきた。彼もまた、バトラーの元気な姿を見て胸を撫で下ろす。

「お騒がせして申しわけありませんでした」

「とんでもございません。無事に見つかって何よりです」

二階に引き揚げていく酒井夫妻とバトラーを見送った要は、ことの成り行きを見守るようにたたずんでいたマダムに声をかけた。

「マダムのおかげで助かったよ。ありがとう」

『ふふ、どういたしまして』

そんな返事をしているような気がしたが、あながち間違いではなさそうだ。

ようやく退勤した要は、マダムを抱いて寮に戻った。

共用リビングのドアは閉まっていたが、中の明かりが漏れている。

寮の住人は早朝から仕事をはじめる厨房勤務が多いため、二十一時を過ぎるとリビングは消灯していることが多い。たまにパティシエの誠が晩酌《ばんしゃく》をしていたり、料理人の早乙女がテレビで映画を観ていたりするので、今夜もそうなのだろう。

「ただいま帰りました」

ドアを開けたとたんに、ふわりとただよう甘い香り。

焼き菓子でもつくっていたのだろうか？　油の匂いも感じるから、揚げ菓子なのかもしれない。どちらにしろ、仕事帰りの身には魅力的すぎる香りだ。

「あ、要さん。お帰りなさい」

リビングにいたのは誠でも早乙女でもなく、紗良だった。何日か前に出したこたつに入り、文庫本を読んでいる。夕方にシュトレンの仕込みをするためホテルに来ていたが、作業は数時間で終わったのだろう。

「こんな時間まで起きてるなんてめずらしいね」

「明日はお休みなので、ちょっと夜更《よふ》かしがしたくなって」

嬉しそうに言った紗良が、文庫本を閉じてテーブルの上に置く。

かなり前だが、猫番館で働いていたことのある作家の新刊だ。小夏がファンだと言っていたから、彼女に借りたのかもしれない。

テーブルにはほかにも、食べかけのリングドーナツが載った皿が置いてあった。店で買ったものではなく、紗良が手づくりしたのだろう。リビングにただよう油の匂いは、このドーナツを揚げたときのものだったのか。

ドーナツから目を離せずにいると、要の視線を追った紗良がにこりと笑った。

「よかったら、要さんもいかがですか？　まだ生地が残っていますので」

「いいの？」

「もちろんですよ。今日も遅くまでお仕事をされて、疲れているでしょう。甘いものを食べてリラックスしてください」

「ありがとう。じゃあお願いしようかな」

「わかりました！　急いで準備しますので、少し待っててくださいね」

「ゆっくりで大丈夫だよ。ちょっと部屋に行ってくるから」

マダムを連れてリビングを出た要は、同じ階にある自室に向かった。

部屋にマダムを入れてから、共用の洗面所で手を洗い、リビングに戻る。ふたたびドアを開けると、さっきよりも濃厚な揚げ物の香りがして、思わず深呼吸をした。

キッチンでは、コンロの前に立った紗良がドーナツを揚げていた。

邪魔にならないよう気をつけながら、要は隣で観察する。

黄金色の油に浮かんでいるのは、リング型とツイスト型のドーナツだ。まわりに生まれる無数の泡と、揚げ物特有のじゅわっという音が食欲をそそる。

紗良が菜箸《さいばし》でドーナツを裏返すと、きつね色になった片面があらわれた。もう片面も同じように揚げてから、網つきのバットに置いて余分な油を切る。粗熱《あらねつ》をとり、あたたかいうちにバニラシュガーをまぶせば完成らしい。

「はい、できました！　特製シュガードーナツです」

完成したドーナツをお皿に盛りつけ、紗良が満面の笑みで言う。

いそいそとこたつに入った要は、さっそくドーナツに手を伸ばした。

リング型もツイスト型も、見た目はふっくらと仕上がっている。リングドーナツを一口かじると、まるでパンのようにふんわりした食感だった。口当たりも軽く、揚げているのに油っこさは感じない。

外側にまぶされた砂糖は、ほのかなバニラの香り。その甘さが心地よく、要はほうっと息をついた。

「うん、美味しい。なんだか揚げパンみたいな食感だね」

「実際に、製法はパンに近いんですよ」

向かいに座る紗良が、詳しく教えてくれる。

「ドーナツの生地をふくらませるには二種類の方法があって、ベーキングパウダーかイーストを使うかで、仕上がりが変わります」

「へえ」

「ホットケーキミックスでもつくれるような家庭のおやつは、ベーキングパウダーを使います。これはケーキドーナツと呼ばれていますね。いま要さんが食べているのは、イーストで生地を発酵《はっこう》させた、イーストドーナツなんですよ」

「ふうん。そんな違いがあるのか」

つまりドーナツは、ケーキに近いものと、パンに近いものがあると。

「イーストを使うと二次発酵までさせたりして、ちょっと手間がかかるんですけど、ケーキドーナツより軽い食感に仕上がります。冷めてもふわふわですよ。ずっしりして食べごたえのあるドーナツも美味しいですけどね」

(ずっしりといえば……。昔、母さんがつくってくれたっけな)

ふと浮かんだのは、遠い日の記憶。

あれはたしか、小学校の二、三年くらいのころだっただろうか。同じクラスの友だちを家に連れていったとき、母はおやつに手づくりのドーナツを出してくれた。

母は料理があまり得意ではなく、お菓子もめったにつくらない。

それなのに、前日に友だちと遊ぶことを伝えたら、張り切って準備をしてくれたのだ。急に引きとることになった、血のつながりもない養子のために。そう思うと嬉しくて、心があたたかくなったのを憶《おぼ》えている。

母のドーナツは外側がガリガリしていて、素朴《そぼく》な卵の味がした。紗良がつくってくれたものとは違うが、手づくりのドーナツという言葉になつかしさを感じるのは、子ども時代の幸せな記憶があるからだろう。

「この時間にドーナツは、なかなかジャンクな感じだね」

「たまにはこんな日があってもいいでしょう。夜中に食べる甘いものって、昼間よりさらに美味しく感じる気がしませんか?」

「たしかに。背徳感がスパイスになるのかな」

「お腹がいっぱいになってから寝るのも、また幸せで……」

話に花を咲かせながらドーナツを食べ終えると、要は紗良に申し出た。

「美味しいものをご馳走《ちそう》になったし、片づけは俺がやるよ」

「あ、気にしないでください。要さん、前にわたしが風邪をひいたとき、お粥《かゆ》をつくってくれたでしょう。今回はそのお礼ということで」

「お粥……」

「すごく美味しかったですよ。あのときは本当に嬉しくて」

料理ができる紗良からすれば、要がつくった梅粥は、簡単すぎて料理のうちにも入らないかもしれない。それでも嬉しいと言って、笑顔を見せてくれるのか。彼女の表情を見れば、お世辞ではないことがわかる。

愛《いと》おしさがこみ上げてきて、要は心持ち身を乗り出した。

「紗良さん、次の日俺に訊いたよね？　熱が出ているときに、変なことを口走らなかったかって。あのときは小さくて聞きとれなかったって答えたけど、実は聞こえてたんだ」

事実を告げると、紗良の目が驚愕《きょうがく》に見開かれた。

「ええっ！　な、なんて言っていたんですか……!?」

「俺のことが好きだって」

「!!」

とたんに紗良の顔が真っ赤になった。要は彼女の目をまっすぐ見ながら問いかける。

「あれは熱に浮かされて出ただけのうわごと？　それとも本気？　どっちだろう」

「ええと……それはその……あの……」

うつむいてもじもじしていた紗良は、意を決したように顔を上げた。

「ほ、本気です！　冗談なんかじゃありません」

「そうか。ありがとう。俺も紗良さんのことが好きだよ」

「えっ……」

その言葉は、紗良はもちろん、自分でもおどろくほど自然に出てきた。

要は真剣な表情で紗良を見据《す》えた。いまならきっと、素直な気持ちを伝えられる。この際だから、偽《いつわ》りのない本心をさらけ出そう。

「前にも話したけど、俺、これまでの彼女にはフラれてばかりでね。何が悪かったのかはわかったから、次は自分から好きになった人としかつき合わないって決めたんだ。それで紗良さんに惹かれたわけなんだけど……」

この先はあまり言いたくないのだが、まぎれもない自分の本音だ。

「好きになったらなったで、今度は見限られるのが怖くなってさ。紗良さんにまで愛想を尽かされたらと思うと、なかなか踏みこむことができなくて」

気持ちが通じてつき合うことができたとしても、お互いを深く知っていくうちに幻滅されて、背を向けられてしまったら？　職場が同じだと逃げ場がないし、これまでの経験も相まって、関係を進めることに対して慎重になっていた。

親しい同僚のままでいれば、今後も変わらず、心地のよい距離感を保てる。

そう思っていたけれど、それでは満足できなくなってきて――

「要さん！」

はっとして顔を上げると、上半身を乗り出した紗良が、要の右手をぎゅっと握った。

「大丈夫。わたしが要さんを見限るなんて、世界がひっくり返ってもありえません！　こうして一緒にいられるだけで幸せなんですから」

「紗良さん……」

「起こってもいない未来を恐れて、後ろ向きになってしまうのはもったいないです。ふたりで前に進みましょう」

どこまでも前向きでまっすぐな、彼女らしい言葉が心に響く。

要は紗良の手に、もう片方の手を重ねた。いつもの笑みが戻ってくる。

「それも楽しそうだね。紗良さんがそばにいてくれるなら、迷うこともなさそうだ」

ようやく手に入れた大事な人を、手放すことなどするものか。

Tea Time

二杯目

秋の薔薇《ばら》の見頃も過ぎた、十一月の下旬。

さすがにこの時季になると、昼間でもぐっと冷えこむ日が増えてきました。

あと数日もすれば、季節はいよいよ十二月。人間の大人にとって、一年はとても短く感じるようですが、わたしたち猫の時間はその比ではありません。

猫は生まれて一年半で、人間の二十歳ほどまで成長します。その後は一年につき、人間の四倍というスピードで歳《とし》をとっていくのです。

わたしの年齢は六歳なので、人間に換算すると四十代の前半くらいでしょうか。

マダムという名にふさわしい気品と、落ち着いた雰囲気。歳を重ねることにより、わたしの魅力はさらに増していきます。貴婦猫にふさわしいふるまいで、これからも猫番館《ねこばんかん》にいらした方々を華麗《かれい》におもてなしいたしましょう。

『ふう……。やっぱり晩秋の夜は冷えるわね』

『マダムは立派な毛皮を持っているじゃないの。とてもあたたかそうだわ』

『冬はいいのだけれど、問題は夏なのよ。今年も梅雨《つゆ》のはじまりから夏の終わりまで、湿気と酷暑に悩まされたわ。いまの時季は湿度が低めで快適よね』

『マダムは冬がお好きなの？』

『ええそうね。夏以外の季節なら、どれも好きよ』

夜も更《ふ》けた二十二時過ぎ。わたしは親しくしている三毛猫の瑠璃《るり》さんと、ホテルの敷地内を歩いていました。

今夜は裏庭で、猫集会が開かれます。野良猫限定なのですが、わたしもオブザーバーとして参加させてもらえることになり、いまからわくわくが止まりません。夏には舞踏会もあるらしく、来年はそちらにも出席させてもらいたいものです。

瑠璃さんと楽しく話をしながら、裏庭にたどり着いたときでした。

『あら？』

集まった野良猫たちが、一匹の猫をとり囲んでいます。

銀灰色の体に、黒い縞《しま》模様。野良にしては毛並みのよい、あの若い猫は――

『バトラー様ではないですか！　こんな時間にそんなところで何をなさっているのです』

『ああ、マダム様！　このような夜更けにお会いできるとは光栄です』

　わたしの姿を見るなり、バトラー様が声をはずませながら尻尾を立てました。彼をとり囲んでいた野良猫のリーダーが、いぶかしげに話しかけてきます。

『こいつ、姐《ねえ》さんの知り合いですかい？』

『ホテルに宿泊されているお客様なのよ。手荒なことはしないでちょうだい』

『ははあ、どうりで見慣れねぇ顔だと。部屋から抜け出してきたんですかねえ？』

『とにかく、わたしはバトラー様をホテルにお送りしてくるわ。集会に参加するのはまたの機会にしましょう』

　野良猫たちと別れたわたしは、バトラー様と並んで歩きはじめました。

『それにしても、バトラー様。いったいどうやって部屋の外に出たのです？』

『ええと、実は……』

　詳しく話を聞いてみると、彼は偶然開いていたドアの隙間《すきま》をすり抜けて、ここまで来てしまったようです。従業員用の出入り口の下にはキャットドアがついているので、そこから庭に出たのでしょう。

『こちらのホテルは、僕が看板猫をつとめる予定のペンションよりも、ずっと大きいですね！　お庭もすごく広いし、猫の方々もたくさんいて……。いろいろお話を聞いてみたくて声をかけたら、怖い顔でとり囲まれてしまいました』

目を輝かせていたバトラー様の尻尾が、しょんぼりと下がっていきます。感情の振り幅が大きく、無邪気なところは可愛《かわい》らしいと思うのですが……。

『いいですか、バトラー様。野良猫が見慣れない者を警戒するのは当然です。それに、あなたは無断で客室を抜け出してきたのでしょう?』

『う……』

『飼い主様が気づいていたら、騒ぎになっているかもしれません。好奇心を満たすことを優先するあまり、大事な方々に心配をかけるのは、褒められたことではないですよ』

『そ、そうですよね……。悪いことをしてしまいました』

『素直に反省ができるところは、あなたの美点ですね。これからは気をつけて』

キャットドアから館内に入ったわたしは、事務室に向かいながら考えます。

警戒心があまりなく、天真爛漫《らんまん》で社交的なバトラー様は、きっとお客様から愛される看板猫になるでしょう。その一方で、深く考えることなく行動してしまうところは、あらためなければなりません。

バトラー様をよき看板猫にするために、明日は彼とじっくり語り合ってみましょうか。

そんなことを思いながら、わたしは事務室の前で鳴き声をあげました。

三泊目

師匠に捧げる
フルコース

Chausson aux pommes

師匠とはじめて会ったのは、高校三年生のときだった。

「お願いします、俺を弟子にしてください！」

そう言って、隼介《しゅんすけ》が勢いよく頭を下げたとき。

いきなりの申し出に、おどろいたように目を丸くしていた師匠の姿を、いまでもよく憶《おぼ》えている。


見習い料理人の一日は、まだ夜も明けていない早朝からはじまる。

十九歳の隼介は、今日も時計のアラームが鳴るよりはやく目を覚ました。

「三時五十五分か……」

幸い自分は朝型なので、早起きはそれほど苦ではない。

中学時代は部活の朝練があったし、高校生になってからは、五時起きで米を炊《た》いて弁当をつくっていた。就職した現在、起床時間はさらにはやくなったが、ひと月もすれば慣れたので問題はない。

上半身を起こしたとき、甲高《かんだか》いアラームの音が鳴り響いた。

時刻はちょうど、午前四時。睡眠はしっかりとったし、活動開始だ。

高校を卒業した隼介は、今年の四月から、軽井沢《かるいざわ》に建つプチホテルで働いている。

実家は同じ長野県にあるのだが、通える距離ではないので住みこみだ。家を出るときは不安もあったけれど、母は「いつでも帰ってきていいから、気楽にやりなさいよ」と送り出してくれた。先日は初のボーナスをもらったし、雇い主であるオーナー夫妻もよくしてくれる。いまは毎日が充実していた。

二段ベッドの下段から床に下りた隼介は、電気をつけて着替えはじめた。

ここはホテルに併設された、住みこみスタッフ用の部屋だが、基本的には隼介がひとりで使っている。五月の連休や夏休みシーズンには、リゾートバイトに来た学生が、同じ部屋で寝起きをすることがあった。

クリスマスが近いし、冬休みに入ればまた忙しくなる。正月は二日間の休みをもらえたので帰省するつもりだが、大晦日《おおみそか》までは仕事詰めだ。

「……よし」

凍りつくような水で顔を洗うと、頭の中もすっきりする。

髪は額《ひたい》があらわになるくらいに短いから、手をかける必要はない。洗濯したての真っ白なコックコートに袖《そで》を通すと、気持ちがきりりと引きしまった。就職して一年もたっていないし、料理人と名乗るのもおこがましいが、やはり誇らしくなる。

でも、なぜだろう。いまひとつ似合わないような気もするのだ。

「うーん……」

隼介は姿見の前で眉を寄せ、首をかしげた。誰も見ていないのをいいことに、腰に手をあてたり腕組みをしたりと、さまざまなポーズをとってみる。

どこか違和感を覚えてしまうのは、この仕事に就いてまだ日が浅いからか？

（太りすぎってわけでもないよな……）

隼介の体重は九十キロほどあるのだが、身長が一八五センチなので、特に肥満というわけではない。しかし上半身には部活で鍛えた筋肉がついているため、コックコートはパツパツだ。師匠に頼んで、もうひとつサイズを上げてもらうべきかもしれない。

同じ白い服でも、柔道着なら着慣れているのに。果たしてどれくらい修業を積めば、師匠のようにコックコートがしっくりくる料理人になれるのだろうか。

――とにかく、いまは日々精進だ。

スタッフ用の台所に入った隼介は、冷凍庫の扉を開けた。

中にはラップで包んだ大きなおにぎりが、何個も入っている。隼介はそのうちのひとつを、電子レンジで解凍した。何日か前の休みにつくった炊き込みご飯を、握り飯にしてストックしておいたのだ。これなら手軽に腹が満たせる。

野菜もほしかったので、母が送ってくれた野沢菜の漬け物も食べてから、隼介は台所をあとにした。専用の通路を通ってホテルに入り、厨房《ちゅうぼう》をめざす。

「寒っ……」

無人の厨房に足を踏み入れたとたん、爪先《つまさき》から冷気が這《は》い上がってきて身震いする。この時季の最低気温は氷点下になるし、早朝は特に冷えこむ。厨房用のエアコンをつけてから、隼介はさっそく仕事にとりかかった。

自分はまだ、師匠の指示なく仕込みはできない。この時間にやるのは掃除だ。

モップを手にした隼介は、床を拭きはじめた。床が終わると、調理台やシンクも丁寧に磨いていく。

礼にはじまり、礼に終わる。

柔道はもちろん、武道でもっとも重んじられるのが礼儀である。

隼介は小学生のころから柔道をやっていたので、その精神は昔から厳しく叩きこまれてきた。稽古《けいこ》のあと、使った道場に感謝をこめて掃除をしていたように、これから仕事を行う厨房にも敬意を払ってきれいにするのだ。

掃除や皿洗いは無心になれて、精神が統一できる。

心も落ち着くし、仕事にも集中できるようになるだろう。

掃除を終えて道具を戻すと、時刻は五時になろうとしていた。

ややあってドアが開き、コックコートを着た中年男性が姿を見せる。

「おはようございます、師匠」

「隼《しゅん》くん、おはよう。いつものことながら早起きだねえ」

笑顔で挨拶《あいさつ》を返してくれた彼の名は、片桐幸一《かたぎりこういち》。プチホテル「ポム・ヴィラージュ」の二代目オーナーであり料理人、そして隼介の師匠でもある人だ。

「今朝は一段と冷えるなぁ。布団から出るだけでもひと苦労だよ」

寒さのためか、師匠は体を縮め、両手をこすり合わせながら厨房に入ってきた。

師匠は隼介よりもだいぶ背が低いため、自然と見下ろす形になってしまう。色白で痩《や》せていて、脂肪《しぼう》はもちろん、筋肉もあまりついていない。いかにも非力で小食に見えるのだが、意外にも大食いだ。本人曰《いわ》く、食べても太りにくい体質らしい。

隼介が熱いお茶を淹《い》れると、師匠は「ありがとう」と言って受けとった。マグカップを口元に近づけたとたん、丸眼鏡が湯気で白く曇《くも》る。

「ああ、あったまる……。五十を過ぎたあたりから、だんだん血のめぐりが悪くなってきてね。若いころはこんなことなかったのに」

「筋トレをしてみたらどうですか？　冷え性にも効くと思いますよ」

「何回かチャレンジしたことはあるんだよ。でもだいたい三日坊主でねえ……」

他愛のない話をしながら、隼介と師匠はゆっくりとお茶を飲み干していく。

カップが空になると、師匠は座っていたスツールから腰を上げた。ようやくエンジンがかかってきたのか、のほほんとしていた表情が引きしまる。

師匠は寒さで丸めていた背中を伸ばし、腕まくりをしながら言った。

「さてと。体もあたたまったし、そろそろ朝食の支度をしようか」

「はい！」

隼介はきれいに手を洗ってから、師匠とともに食事の準備をはじめた。

このホテルの客室数は十一。ハイシーズンである夏は連日満室で、目が回りそうになるほど忙しかった。いまは冬休み前の平日なので、六室しか埋まっていない。少しさびしいけれど、クリスマスあたりからまたにぎわうことだろう。

「じゃあ僕はスープをつくるから、隼くんはパンを頼むよ」

「わかりました」

手づくりのパンを売りにするホテルもあるが、あいにくポム・ヴィラージュにはパン職人がいない。そのため食事に添えるパンは、すべて業務用を使っている。自家製ではないが、師匠が選び抜いたメーカーなので、味も品質も折り紙つきだ。

このホテルで提供しているのは、焼成《しょうせい》まで終えた段階で冷凍されたパンである。小麦の旨味《うまみ》が凝縮された食パンに、パリパリとした外側の皮を楽しむ、バゲットやプチブール。そしてバターの香りが豊かなクロワッサン。一からつくるとかなりの手間がかかるパンも、焼成後の冷凍ならいつでも手軽に出すことができる。

隼介は冷凍庫の扉を開け、宿泊人数に応じた量のパンをとり出した。

これらはしばらく室温に置き、自然解凍させる。朝食の時間になったら、タイミングを見てコンベアトースターであたためるのだ。トーストすれば、冷凍パンでも焼きたてのような風味を楽しむことができるので、お客も満足してくれるだろう。

冷凍庫には、師匠の奥さんが手づくりしたパイ生地のストックも保管されている。彼女が焼いた自家製のアップルパイを味わうために、このホテルに泊まるリピーターもいるのだ。お土産《みやげ》として買って帰りたいという要望も多いらしい。

パンを解凍している間にも、やるべきことはたくさんある。

(ええと、次はオムレツに添える野菜を……)

下ごしらえを終えたブロッコリーを塩茹《ゆ》でしていると、隣からいい匂いがしてきた。

師匠が鍋で炒《いた》めているのは、バターとすり下ろしたニンニクだ。素晴らしい組み合わせの香りに、嗅覚《きゅうかく》がこれでもかと刺激される。

さらに加えるのは、牛乳と塩、そして細切りにしたモッツァレラチーズだ。これらを溶かしてなめらかにさせてから、あらかじめつくっておいたマッシュポテトを混ぜ合わせていくと、アリゴと呼ばれるつけ合わせができあがる。

フランスの郷土料理のひとつであるアリゴは、肉料理に添えられることが多い。チーズが入っているので伸びがよく、粘り気があって濃厚な味わいが特徴だ。肉に限らず、茹でた野菜やパンに絡めて食べても美味である。

「隼くーん。それ、もう火を止めたほうがいいよ」

「あっ、すみません！」

「気持ちはわかるけど、よそ見は禁物。茹で時間には気を配ろうね」

隼介は急いで火を止め、色あざやかなブロッコリーをざるに上げた。そのまま冷ましている間にソーセージを焼き、着々と準備を進めていく。

食事の時間が近づいてくると、隼介は食堂のテーブルをきれいにととのえ、カトラリーを入れたカゴを置いた。それから食器棚を開け、必要なお皿を用意する。解凍したパンをトーストしてカゴに盛りつけたところで、最初の宿泊客がやって来た。

応対は隼介の担当だ。自分が強面《こわもて》であることは知っているし、接客も得意ではないのだが、仕事はきちんとやらなければ。

隼介は師匠の奥さんから教わった笑顔を意識しながら、宿泊客に声をかけた。

「おはようございます。どうぞお好きな席におかけください」

宿泊客を案内してから厨房に戻ると、師匠がオムレツをつくっていた。

バターを溶かしたフライパンに、牛乳と塩を加えた卵液が流しこまれる。

師匠はフライパンを小刻みに動かしながら、フォークの先で卵をかき混ぜていった。スクランブルエッグのようになったところで火から下ろすと、フライパンをかたむけ、奥のほうに卵を寄せる。

師匠がフライパンを真上にふり、空いているほうの手で軽く柄《え》を叩くと、卵が裏返しになった。コンロの火で少し焼き、形をととのえてから、もう一度ひっくり返す。最後に卵の継ぎ目を下にして、お皿に移せば完成だ。

「おお……!」

まったく無駄がない動作に感動し、思わず声が漏れてしまう。

(やっぱり師匠は格好いいな)

卵液を流しこんでから完成するまで、かかった時間は一分ほど。ほどよく半熟に仕上げるには、時間の配分が不可欠だ。もたもたしていたらかたまってしまうし、はやすぎても生焼けになる。簡単なようでいて、とても奥が深い料理なのだ。

「隼くん、できたよー。熱いうちに持っていってね」

「あ、はいっ」

我に返ると、師匠はもう、次のオムレツづくりに入っていた。隼介はできあがったオムレツの皿に、塩茹でしたブロッコリーにミニトマト、そしてほどよく焦《こ》げ目をつけたソーセージとアリゴを添えて食堂に運ぶ。

間近で見た師匠のオムレツは、形も色合いも完璧だ。隼介も練習を繰り返しているのだが、ここまで美しくつくれたことは一度もない。ゆっくりとナイフを入れて、とろりとした半熟の中身があらわれる瞬間を想像すると、心がはずむ。

(俺もいつかは、こんなオムレツがつくれるようになりたい)

ふたたび厨房に戻ると、師匠がガラスのボウルで卵をほぐしながら言う。

「今日は卵が余りそうだし、賄《まかな》いはオムレツにしようか」

「いいんですか?」

師匠は「もちろんだよ」と笑った。

「何事も経験。隼くんには、美味《おい》しいものをたくさん味わってもらいたいんだ。料理人には技術のほかにも、たしかな味覚センスが必要だからね。アリゴに使ったチーズもあるし、昨日の夕食で出した鶏肉《とり》も残ってたよな。これでもう一品つくれる」

「最高ですね……！」

いまはまだ見習いだけど、十年、二十年とこの道を歩んでいけば、いつの日か師匠と肩を並べることができるだろうか。何年かかってもかまわない。立派な料理人になって、師匠に自分が手がけたフルコースを楽しんでもらえたら。

大きな夢を胸に秘め、若き日の隼介は仕事の続きにとりかかった。


「紗良《さら》ちゃん、準備できたー？」

「はーい、いま行きます」

冬用のウールコートを羽織った紗良は、荷物を詰めた大きなトートバッグを肩掛けにした。客室をあとにすると、先に廊下に出ていた小夏《こなつ》がドアを閉める。

「もうチェックアウトの時間だなんて……。一泊だとあっという間ですね」

「うん。次は二泊くらいして、もっとゆっくりしたいね。客室とか可愛《かわい》かったし」

「食事も美味しかったですよね。さっきの朝食に出たプレーンオムレツ、あの絶妙なとろとろ加減が忘れられなくて……」

「私は夕食だなー。ビーフシチューが最高だった！」

「お肉がとってもやわらかかったですね。ガーリックトーストともよく合っていて」

「あれが美味しすぎて、ふたりでワイン一本空けちゃったもんねー」

話に花を咲かせながら、紗良と小夏は階段を下り、一階のフロントに向かう。

ここは横浜山手《よこはまやまて》の高台に建つ、ホテル猫番館《ねこばんかん》——ではない。長野県の軽井沢町にあるプチホテルで、その名をポム・ヴィラージュという。

来年で四十周年を迎えるらしく、現在のオーナーは三代目。猫番館よりも規模は小さいが、すみずみまで配慮が行き届いている。外観はお洒落《しゃれ》なヨーロッパ風の建物で、夏は緑に囲まれながら、静かで涼しいひとときを過ごすことができそうだ。

同僚の小夏に誘われたのは、梅雨《つゆ》に入ったばかりのころだっただろうか。

『ねえ紗良ちゃん、私と一緒に旅行しない？』

『いいですね！　どこに行きましょうか』

『実は泊まってみたいホテルがあってね。軽井沢にあるんだけど、料理がすっごく美味しいんだって。現地でしか食べられない、自家製のアップルパイも有名らしいよ』

『アップルパイ……！』

『ふたりだとちょっと安くなるからお得だよー。そんなに遠いところじゃないけど、一泊ならちょうどいいんじゃないかな』

ホテル勤めではあるものの、紗良自身はここ数年、旅行をしたことがない。

だから小夏に誘ってもらえたことが嬉《うれ》しく、よろこんでOKしたのだ。

夏休みシーズンは猫番館も繁忙期のため、旅行は秋ごろにするつもりだった。しかしなんだかんだと都合がつかず、結局十二月になってしまったのだ。

(それでもやっぱり、年内に行けてよかった)

軽井沢には高瀬《たかせ》家の別荘があり、夏休みには家族でよく滞在した。

最後におとずれたのは、高校生のときだったか。別荘はいまでも所有しており、祖父母と両親が避暑のために使っているらしい。冬に来たのははじめてだけれど、夏にはない趣《おもむき》があって、これはこれでいい思い出だ。

フロントでチェックアウトをしていると、どこからか甘い香りがただよってきた。

——これはもしや……。

応対していた三代目の女性オーナーが、人のよさそうな顔をほころばせる。

「アップルパイが焼き上がったようですね。いまでしたら奥のサンルームで焼きたてをお召し上がりいただけますよ」

「本当ですか!?」

目を輝かせた紗良と小夏は、いそいそとサンルームに足を運んだ。

さほど広い部屋ではなかったが、大きな窓に囲まれていて開放感がある。二人用の丸テーブルが三つ置いてあり、自分たち以外にお客はいない。外の景色は寒々しいが、夏場は森の木漏れ日を楽しみながら、優雅にお茶を楽しむことができそうだ。

注文をしてしばらくすると、お盆を手にした年配の男性が近づいてきた。コックコートを着ているから、このホテルの料理人だろうか。

顔立ちが三代目のオーナーとよく似ているので、彼女の父親なのかもしれない。小さなホテルやペンションは、家族経営が多いのだ。自家製のアップルパイも、大量生産ができないため、販売までは手が回らないのだという。

「お待たせしました。こちら、アップルパイと紅茶です」

優しい微笑《ほほえ》みを浮かべながら、男性はテーブルの上に注文品を置いていく。りんごの絵が描かれたティーカップが可愛らしい。

「どうぞごゆっくり」

男性が離れていくと、紗良は切り分けられたアップルパイに視線を落とした。

このパイは昨日の夕食でも、デザートとして出されていた。りんごの旬に合わせてつくるので、十月から十二月までの期間限定だ。ホテルに泊まればいつでも食べられるわけではないところも、お客の心をつかんでいるらしい。

格子《こうし》状に編んだ生地で覆《おお》われた、王道スタイルのアップルパイ。

その形を崩さないよう、紗良は慎重にナイフを入れた。

小さくカットして口元に近づけると、ほのかなシナモンの香りがした。香ばしいパイのサクサクとした食感と、砂糖水で煮た甘酸《あまず》っぱいりんごのフィリング、そしてなめらかなカスタードクリーム。それらを同時に味わうことができる。

焼き上がりから時間がたっていないため、パイはまだ熱々だ。添えてあるアイスクリームを絡めると、これまた至福の味を楽しめる。あたたかいアップルパイに、冷たいバニラのアイスクリーム。なんて素晴らしい組み合わせなのだろう。

「美味しいですねえ……」

紗良がほうっと息をつくと、小夏も恍惚《こうこつ》とした表情でうなずいた。

「これなら何回食べても飽きないわ。お土産に買って帰れないのが残念だなぁ」

「また来年、このホテルに泊まってもいいかもしれませんね」

「賛成！　次こそは秋にしよう。冬も悪くないけど、やっぱり寒いし」

すぐに平らげてしまうのが惜しくて、紗良と小夏は時間をかけてアップルパイを食べ進めていく。残りが三分の一になったところで、ふいに小夏が話しかけてきた。

「旅行といえば……。紗良ちゃん、要《かなめ》さんとは旅行しないの？」

「え？」

目をぱちくりとさせる紗良に、小夏はにっこり笑って言う。

「晴れてつき合うようになったわけだし、近場でもいいから行ってみたら？　家族や友だちと一緒に行くのもいいけど、彼氏とふたりでっていうのも楽しいよー」

「か……」

――彼氏……！

その甘美な響きに、紗良は思わず両手で頬《ほお》を押さえた。

要と気持ちが通じ合ったのは、半月ほど前のこと。お互いに告白しようと意気込んでいたわけではなく、ふとした会話をきっかけに、両想いであることがわかったのだ。

恋愛ドラマや漫画のように、ロマンチックなシチュエーションは何もない。いつもの従業員寮のリビングで、こたつに入ってドーナツを食べて。普段通りにリラックスしていたからこそ、変に気負うこともなく向き合えたのかもしれない。

本音を隠しがちな要が、あのときは嘘偽《うそいつわ》りのない、素直な心情を伝えてくれた。

好きだと言われたときは、天にものぼる気持ちになった。想い人が自分のことを好いてくれる。そんな幸せなことがあるだろうか。そして、彼が何を恐れているのかという負の感情まで、包み隠さず教えてくれたことも嬉しくて――

（なんだかいまでも夢みたい）

要との関係が進展したことを知っているのは、いまのところはふたりだけ。ひとりは小夏で、もうひとりは専門学校からの友人、片平愛美《かたひらまなみ》だ。

彼女たちは以前から、紗良が要に想いを寄せていることを知っていた。そのため要と気持ちが通じ合ったときにも、真っ先に打ち明けたのだ。

『やーっとくっついたかぁ！　要さんもいろいろ考えてたんだろうけど、やっぱり脈ありだったんだ。よかったねえ』

『紗良もついに彼氏持ちに……！　これから楽しくなるよー。うらやましい！』

報告したときは恥ずかしかったが、小夏も愛美も自分のことのようによろこび、祝福してくれた。それがとても嬉しくて、幸せな気持ちになったのだ。

まだ一カ月もたっていないこともあり、地に足がついていないような、ふわふわとした高揚感はあるけれど。最近は少しずつ落ち着いて、実感が湧きはじめている。それでもやはり、「彼氏」のひとことには心がはずんでしまうのだ。

（ああ、どうしよう。わたしの顔、いまとってもにやけているはず……）

「紗良ちゃん、大丈夫だよー。両想いになった直後って、だいたいそんなものだから」

「そ、そうなんですか？　浮かれすぎてはいませんか？」

「いやいや、むしろ可愛いから問題ナシ！　私にもそういう時期があったのになぁ……」

　過去の恋愛を思い出したのか、小夏は遠い目をしながら言った。それからテーブルの上に飾られている、手のひらサイズのクリスマスツリーに視線を落とす。

「もうすぐクリスマスかー」

「いまの時季はどこもにぎやかで、わくわくしますね」

「私は今年も仕事で終わりそうだわ。ま、彼氏もいないからいいんだけどね。紗良ちゃんは要さんとデートでしょ？」

「二十四日も二十五日も、お互いに仕事があって。要さんはどちらも夜勤なんですよ」

「あー、そっか。ちょっとタイミングが合わなかったね」

　要と両想いになった時点で、十二月の休み希望を出す期限は過ぎていた。そもそもクリスマスや年末年始といった繁忙期は、よほどの理由がない限り、希望通りの休みをとるのがむずかしいのだ。ホテル業界で働く限りは、受け入れなければならない。

「二十八日はふたりとも休みなので、その日に出かける予定です」

「クリスマスが終わるまでは、厨房もフロントもめちゃくちゃ忙しいもんね。疲れすぎて出かける気力も体力もなくなっちゃうし……。ちょっと落ち着いて休んでから、ゆっくりデートしたほうが楽しめそうだね」

紗良ははにかみながら「ええ」とうなずいた。

要とふたりで外出するのは、九月に江の島《えしま》近くの水族館に行ったとき以来だ。あのときは彼が好きだというクラゲを見て、イルカのショーを楽しみ、それから浜辺を散歩した。クラゲには癒《いや》されたし、久しぶりに見たイルカも可愛かったけれど、何よりも嬉しかったのは、要がずっとそばにいてくれたことだった。

『紗良さん、夕食は何がいい？』

『あの、わたし、ラーメンが食べたいんです』

『ラーメン？』

『実はお店でラーメンを食べたことがほとんどなくて……。だから行ってみたいなって』

意外そうな顔をしていた要は、紗良の話を聞くと笑ってOKしてくれた。そして横浜が発祥だという家《いえ》系ラーメンのお店に連れていってくれたのだ。豚骨醤油《とんこつしょうゆ》ベースのラーメンはとても美味しく、紗良にとっては最高の締めくくりになった。

「あ、そうだ。小夏さんにひとつお願いが」

「ん？　なになに？」

「要さんへのクリスマスプレゼントなんですけど……。家族以外の男性に贈るのがはじめてなので、何を買えばいいのかわからなくて。相談に乗ってもらえませんか？」

「いいよー。なんなら買い物にもつき合うし」

そんな話をしていると、さきほどアップルパイを運んできてくれた男性が、ふたたび近づいてきた。今度はティーポットを載せたお盆を手にしている。

「紅茶のお代わりはいかがですか？　今日はお客さんが少ないので、特別サービスです」

「ありがとうございます。それじゃ、もう一杯いただけますか？」

「かしこまりました」

おだやかに笑った男性が、空になったカップに熱い紅茶をそそいでいく。

「アップルパイ、とても美味しかったです。どなたがつくっていらっしゃるんですか？」

「下の娘が焼いております。いまは上の娘がオーナー業を引き継いでおりまして、下の娘は料理人として働いているんですよ」

どうやらこの男性は、先代——二代目のオーナーらしい。

詳しく話を聞いてみると、ホテルの経営は数年前から長女にまかせ、自身は次女とともに料理に専念しているのだという。姉はオーナー、妹は料理人。祖父母の代から続いているホテルを、姉妹で守っているとは素敵な話だ。

「アップルパイはもともと、私の妻がつくっていたんですよ。でも何年か前に体を壊してからは、無理ができなくなって。いまはほとんど下の娘がつくっています」

「そうでしたか……」

「私も妻も信州の出身で、りんごが大好物なんですよ。初代からこのホテルを引き継いだときは、屋号にりんご《ポム》が入っているって、妻は大喜びでしたね。その名にちなんで、妻が得意なアップルパイを名物にしようと決めまして」

「たしかに名物があるのはいいですよね。ホテルの特徴になりますし」

紗良はぱっと表情を輝かせる。

「わたしが働いているホテルにも、名物として定着してほしいパンがあるんですよ。黒糖くるみあんパンに、薔薇酵母《ばらこうぼ》のブールです。あとはホテルメイドのカレーパンも、今後の伸び次第では、看板商品のひとつになってくれそうで……」

男性がおどろいたように、丸眼鏡の奥の目をみはった。

「お客様はホテルにお勤めなんですか?」

「はい。わたしは専属のパン職人で、こちらの彼女はベルスタッフです。わたしたち、横浜の山手にある猫番館というホテルで働いているんですよ」

そう言ったとたん、男性の両目がさらに大きく見開かれた。

「横浜山手の猫番館!?　隼くんがシェフをやってるホテルじゃないか!」

「えっ……」

——シュンくん……!?

　ぽかんとする紗良と小夏を見て、我に返った男性があわてて頭を下げる。

「ああ、しまった。いきなり大声を出してしまい申しわけありません。まさか隼くんと同じホテルにお勤めの方々が、うちにお泊まりになっていたとは思わなくて……」

「いえいえ、そんな。それであの、シュンくんというのは」

「天宮《あまみや》隼介のことですよ。いまはホテル猫番館でシェフをしていると聞きましたが」

　紗良は思わず、小夏と顔を見合わせた。この男性が隼介の知り合いであることは間違いないようだ。愛称で呼んでいるし、親しい間柄のようだけれど……。

「彼は昔、このホテルで働いていたんですよ」

「ええっ」

　紗良と小夏の声が重なる。

「高校を出てすぐに、私のもとに弟子入りしましてね。住みこみで五年くらい働いていたのかな？　隼くんのお兄さんが東京でレストランを開くことになって、そこの料理人になるために上京していったんですよ。猫番館はそのあとですね」

　隼介が昔、軽井沢のプチホテルで料理の修業をしていたことは知っている。しかしホテルの名前は知らなかったので、男性の話を聞くまでまったく気づかなかった。

小夏を見ると、彼女もおどろいたように目を丸くしている。

このホテルに泊まりたいと言ったのは小夏だが、隼介が以前に勤めていたとは知らずに予約を入れたようだ。まさかこのようなめぐり合わせがあるなんて。

不思議な気持ちになりながら、紗良は男性をじっと見つめた。

(この方が天宮さんのお師匠さま……)

片桐と名乗った男性は、紗良がイメージしていた「隼介の師匠」の人物像から大きくかけ離れていた。なんとなく隼介と似た感じの、大柄で誰に対しても厳しく接する人を想像していたのだが、片桐氏は小柄でおだやかな雰囲気だ。その優しいまなざしを、若き日の隼介にも向けていたのだろうか。

あの隼介がみずから弟子入りしたほどの、一流シェフ。

隼介が天性の才能を開花させ、料理人として一定の地位を築けているのは、彼を一から育て上げた師匠のおかげでもある。片桐氏から仕込まれた、数々の知識や技術が、いまの隼介を形づくる大事な礎《いしずえ》になっているのだ。

「片桐さんは、天宮さんと連絡をとり合っているんですか?」

「もう何年も会っていませんが、年賀状や暑中見舞いでやりとりをしていますよ。スマホでメッセージを送るほうが簡単ですけど、直筆のほうが性に合っているのでね」

そう言って、片桐氏はおっとりと微笑む。

たしかに隼介も、アプリを使ってメッセージを打つより、机に向かって手紙をしたためている姿のほうがしっくりくる。隼介の字は力強く、なおかつ丁寧で読みやすい。彼の人柄をあらわしているかのような筆跡だ。

(片桐さんは、料理人になったばかりの天宮さんのこと、詳しく知っているのよね)

いろいろ訊《き》いてみたいけれど、仕事の邪魔になってしまうだろうか。

言葉に出せずにうずうずしていると、片桐氏が察したように口を開いた。

「さきほども申しましたが、今日はお客さんが少なくて、ちょっと暇なんですよ。おふたりとも、まだ時間はありますか？　あるようでしたら少し、お話ししましょう」

「――ぜひ！」

それからしばらく、紗良と小夏は片桐氏と楽しく語らったのだった。


軽井沢旅行から帰宅した、次の日の早朝。

少しはやめに出勤した紗良は、着替えを終えると勤務開始の打刻をする前に、ロビーに向かった。

冬至が近く、日がのぼる時間も遅くなっているこの季節。五時前なので外は暗く、夜明けも遠い。紗良は等間隔に明かりがついた廊下を進み、ロビーに出た。

照明が落とされたロビーには、頂点に金色の星をかかげた、大きなクリスマスツリーが設置されていた。鈴がついた赤いリボンや、キラキラ輝くガーランド。そしてメタリックなボール型のオーナメントなどで飾りつけられ、見る人の気分を盛り上げる。

しかしこの時間、もっとも明るく照らされているのはツリーではない。階段の近くにあるフロントだ。

磨きこまれた茶色のカウンターには、赤いポインセチアの鉢植《はち》えと、クリスマスをテーマにしたスノードームが置いてあった。フロントに近づいていった紗良は、夜勤に入っていた要に声をかける。

「要さん、おはようございます」

「ああ、紗良さん。おはよう。旅行はどうだった?」

紗良と小夏が寮に帰ったとき、要は入れ違いで出勤していたのだ。

「楽しかったですよ。泊まったホテルがとても素敵で、ゆっくりできました。お料理も素晴らしくて、自家製のアップルパイも美味しかったです」

「へえ、よかったね」

「旅行は久しぶりだったんですけど、たまにはいいですね。リフレッシュできて」

「そうだね。じゃあ、次は俺と一緒に行く？」

「えっ！」

さらりと言われて、思わず飛び上がりそうになった。

本気なのか、それともいつものようにからかっているのか。判断がつかない。

「五月まではブライダルフェアの準備で忙しいから、それが落ち着いたあとになるけど。夏休みシーズンは繁忙期だし、行くなら六月か七月のはじめかな。その時季ならそんなに忙しくないはずだし、二泊くらいはできると思うよ」

「二泊……」

ぼんやりとつぶやくと、要がカウンター越しに身を乗り出した。紗良と目を合わせ、にやりと笑う。

「あれ？　紗良さんは俺と旅行、行きたくない？」

「い―――行きたいです！　フェアが終わったら絶対に行きましょう」

胸を高鳴らせながら答えると、要は満足そうにうなずいた。

「よし、決まりだな。まだ先だけど、お互いに行きたいところを考えておこうか」

「はい！」

　仕事がはじまる時間が近づいていたので、要とはそこで話を切り上げた。ロビーを出て厨房に向かいながら、紗良はさきほど彼とかわした会話を思い出す。

（要さん、冗談だって言わなかった……）

　これまでだったらきっと、「冗談だよ」のひとことで終わっていた。

　でも、いまは違う。要は具体的な予定を立てて、紗良を旅行に誘ってくれた。

　要にとっての自分はもう、単なる同僚ではないのだ。ふたりで旅行がしたいと思ってもらえるような存在になれたことが、とても嬉しい。本当におつき合いをすることになったのだという実感が湧いてきて、胸がときめく。

（旅行先はどこがいいのかな？　まだまだ先のことなのに、楽しみすぎる……）

　幸せを嚙《か》みしめながら歩いていた紗良は、厨房のドアの前で足を止めた。

　電気がついているから、すでに隼介が中にいて、朝食の仕込みをしているのだろう。綿菓子のようにふわふわとした、甘い気持ちに浸るのはここまで。これから仕事なのだから、そちらに意識を集中させなければ。

　大きく深呼吸をした紗良は、気を引きしめるため、両手でパンと頰を叩いた。

　自分の中のスイッチを切り替えてから、ドアを開ける。

「おはようございます、天宮さん！　今日も一日頑張りましょう！」

中に入ると、調理台でジャガイモの皮を剥《む》いていた隼介が、ちらりと視線を寄越した。

「朝っぱらから無駄に元気だな」

隼介のテンションの低さはいつものことだ。

「無駄なんてことないですよ。この元気は仕事に注入しますから」

笑顔で答えた紗良は、厨房をぐるりと見回した。

二日しか離れていないというのに、心なしか新鮮に見える。旅行でうまく気分転換ができたおかげなのだろうか。

宿泊客にとっては非日常の世界である猫番館も、紗良たちスタッフにとっては日常そのもの。いくら仕事が好きとはいえ、毎日のように同じ場所に閉じこもっていたら、心もすり減ってしまう。精神衛生を保つためにも、たまにはここから離れた場所でリフレッシュすることも必要なのだろう。

いつもの調理台の前に立つと、むくむくとやる気が湧いてきた。

今日も宿泊客によろこんでもらえるように、心をこめてパンを焼こう。

「さてと！　じゃ、はじめますか」

手洗いと消毒を済ませた紗良は、調理用の衛生帽子と前掛けをつけてから、さっそく仕事にとりかかった。

冷蔵庫を開けた紗良は、昨夜のうちに冷凍庫から移し、ゆっくりと解凍させていたパイ生地をとり出した。小麦粉に水と塩を加えて混ぜたデトランプという生地に、シート状にしたバターを折りこんでいったものである。

パイ生地は麺棒《めんぼう》で伸ばしてからいったん休ませ、その間に、パイの中に詰めるフィリングをつくる。紗良は皮を剝いたりんごをスライスし、火にかけた鍋にバターを溶かした。りんごを入れて加熱すると、フルーティーな香りが立ちのぼる。

「ああ……いい匂い」

りんごにバターが馴染《なじ》んできたところで砂糖を加え、さらにレモン汁やスパイスを混ぜて煮詰めていった。りんごから水分が出なくなったところで火を止めれば、フィリングの完成だ。中に詰めるものは時間短縮のため、基本的にはストックしているのだが、りんごはちょうど切れてしまっていた。

フィリングを冷ましている間に、パイ生地の続きだ。

薄く伸ばした生地は、楕円《だえん》になるよう、ひとつずつ成形していく。そしてフィリングが冷めたところで、片側に少量ずつ載せていった。中身を包むように生地を折りたたみ、ふちを押さえて切りこみを入れていく。

仕上げに表面に卵黄を塗り、ナイフの先で葉脈のような模様をつけた。

（これがなかなかむずかしいのよね……）

パイが焼き上がったとき、この模様を美しく見せるためには、たしかな技術と経験が必要だ。こういった繊細な作業は、パティシエの叔父が得意としている。叔父に頼んで特訓してもらったおかげでコツをつかみ、いまではお客に出しても恥ずかしくないレベルに到達したのだ。

（――できた！）

準備が終わった生地は、天板に並べて焼成する。

オーブンの中でパイがふくらんでいるときの、甘い香りといったら。もはや体に染みついているのではないかと思うくらいに焼いているのに、少しも飽きることがない。やはり自分は、この道を進むのが性に合っているのだ。

焼き上がったパイにシロップを塗り、ツヤを出せば――

（よし、完成！）

その出来栄えに満足した紗良は、会心の笑みを浮かべた。

こんがりと焼き色がついたパイの名は、ショソン・オ・ポム。フランス風のアップルパイで、「りんごのスリッパ」というユニークな意味を持つ。半月のような形が、スリッパの爪先に見えたのだろうか。

りんごが美味しい秋冬に、期間限定の新作を出すことは、ずっと前から計画していた。最初はりんごを使ったパンにするつもりだったのだが、叔父から「アップルパイにしたほうが売れるんじゃないか」とアドバイスを受け、変更したのだ。今回は喫茶室で販売もしているため、利益が出るものをつくらなければならない。

ショソン・オ・ポムは十月から販売をはじめたが、売り上げは堅調だ。

高い実績を出せれば、来年も同じものを売ってもいいだろう。

「これはOKね。次は――」

旅行で英気を養ったおかげで、今日は心も体も軽い。いつも以上に気合いを入れて働いているうちに、いつの間にか時間が過ぎていった。

宿泊客の朝食が終わると、紗良は隼介と協力して、使ったお皿や調理器具の後片づけをはじめた。今日は隼介が洗い物をして、紗良が拭く係だ。

洗い終わった食器の水滴を布巾《ふきん》でぬぐいながら、紗良はシンクで黙々と作業をする隼介に目を向けた。彼がお皿を洗うスピードは、紗良よりもかなりはやい。それなのに雑なところはいっさいなく、食器の扱い方も丁寧なのだ。見習わなければ。

後片づけが終わると、それを見計らったかのように叔父が声をかけてきた。

「ふたりともお疲れさん。ちょっとひと息入れたらどうだ」

叔父は両手に、紗良と隼介がそれぞれ愛用しているマグカップを持っていた。

紗良のカップはポップな猫柄で、隼介は黒のステンレスマグ。受けとったカップの中には珈琲《コーヒー》が入っていて、芳醇《ほうじゅん》な香りが鼻腔《びこう》をくすぐる。ちなみに叔父は、喫茶室から持ってきた、国内ブランドの高級カップを使っていた。

「高瀬さん、また店の備品を堂々と……」

「かたいこと言うなって。まだ開店前だし、マスターの許可があればいいんだよ」

隼介の指摘をさらりとかわし、マスター本人でもある叔父は不敵に笑った。飄々《ひょうひょう》とした厨房のボスには、さすがの隼介もかなわない。

「そういや紗良、おまえ昨日とおととい、小夏と旅行してたよな？」

「ええ、軽井沢に。お土産、叔父さまのぶんも買ってきましたよ。あとで渡しますね」

「お、そりゃ楽しみだな。泊まったのはホテルか？　ペンションもいいよなぁ」

「プチホテルなので、ペンションに近い雰囲気でしたね。ポム・ヴィラージュっていう名前の、可愛いホテルです」

「!!」

ホテルの名前を出したとたん、隼介がおどろきの表情で紗良を見た。

「高瀬姪《めい》……。おまえ、あのホテルに泊まったのか？」

「はい。わたしも小夏さんも、天宮さんが修業されていたホテルだとは知らずに泊まったんですよ。そうしたら次の日に、片桐さん……天宮さんのお師匠さまとお会いして」

「師匠にも会ったのか……!?」

「サンルームでアップルパイを注文したら、運んできてくださったんです。それで少しお話ししたら、天宮さんの名前が出て」

「！」

大きく目を見開いている彼に、紗良はいたずらっぽく笑いかけた。

「天宮さん、お師匠さまから『隼くん』って呼ばれているんですね？」

「ほほう、隼くんとな。この白熊男をそんなふうに呼ぶ御仁《ごじん》がいようとは」

「高瀬さん……。姪と一緒になってからかわないでください」

隼介は仏頂面《ぶっちょうづら》で言ったが、少し照れているのか、普段よりも迫力に欠けている。

そんな姿を可愛いと感じてしまったけれど、口に出したら絶対に怒られるだろう。心で思うだけにとどめておく。

「――それで、高瀬姪」

わずかな間を置いて、隼介が話しかけてきた。

「師匠の様子はどうだった。痩せたり顔色が悪かったりしてなかったか?」

「わたしが見る限りは、お元気そうでしたよ。いまでも料理人として、下の娘さんと一緒に厨房に立っていらっしゃるとのことで」

「そうか……」

　ほっとしたように表情をゆるめる隼介を見て、彼が心から片桐氏のことを慕っているのだと伝わってきた。数年会っていないと聞いたし、片桐氏が高齢ということもあり、体調を心配しているのだろう。

「でも、もうすぐお会いできるじゃないですか」

「え?」

「片桐さんからうかがいましたよ。クリスマスイブの日に、猫番館に宿泊予約を入れているって。奥さまとご一緒に、天宮さんがつくるクリスマスディナーを召し上がるのを楽しみにしていらっしゃいました」

　紗良の言葉を聞いた隼介は、なぜか面食らったような顔になった。

「いや待て。師匠が泊まりに来る?　そんな話は聞いていないぞ」

「えっ?　で、でも。片桐さんご本人がおっしゃっていましたけど……」

自家製アップルパイを食べたあと、いろいろ話をしていたときに、片桐氏はたしかにそう言ったのだ。そんなに大事なことを、弟子であり猫番館のシェフでもある隼介に伝えていないなんてことが、果たして起こりうるのだろうか？

「……」

あごに手をあて思案していた隼介は、やがて気が抜けたように肩をすくめた。

「考えていてもしかたがない。あとで師匠に直接訊いてみるか」

その夜——

『猫番館の宿泊予約？　うん、二十四日に二名で入れてるよー』

電話口から聞こえてきたのん気な声に、隼介は思わず脱力してしまった。

「やっぱり本当だったんですか……」

紗良から片桐夫妻が泊まりに来る話を聞いた隼介は、退勤して寮に戻ったあと、師匠に電話をかけた。普段は葉書でやりとりしていて、ここ数年はお互いに都合がつかず、会う機会もつくれていない。壮健であればそれでいいと思っていたし、来年あたりに会いに行こうかとも考えていたが、まさか師匠のほうからこちらに来るとは。

ベッドのふちに座った隼介は、ため息まじりに言った。

「高瀬たちには教えておいて、どうして俺には黙っていたんですか」

『あはは、ごめん。クリスマスイブにいきなりあらわれたら、さすがの隼くんもびっくりするんじゃないかと思ってね。サプライズというか』

明るい声が返ってくる。そういえば、昔から妙な茶目っ気がある人なのだ。

『でも、あの子たちに口止めするのをすっかり忘れてたよ』

「あいかわらず詰めが甘いですね。俺が師匠に弟子入りした年も、わかりやすいところにクリスマスプレゼントを隠していたし」

『え？　隼くん、気づいてたのかぁ。でも知らないフリをしてくれていたんだね』

あのとき師匠からもらったのは、ステンレス製の黒いマグカップだった。だいぶ古くはなってきたが、いまでも大事に使っている。師匠はその後も、隼介があのホテルを出て上京するまで、毎年クリスマスプレゼントを用意してくれたのだ。

『まあ、バレちゃったならしょうがない。一泊だけどお世話になるよ』

「もっとはやく教えてくれていたら、師匠のためのコース料理をつくれたのに……」

イブとクリスマス当日の予約は、毎年争奪戦になる。コンサートやショーといった特別なイベントを楽しむことができるので、とても人気が高いのだ。

それにもかかわらず部屋をとれたのだから、師匠はかなりはやい時期に予約をしているはずなのだ。その時点で連絡をしてくれていたら、師匠と奥さんの好みに合わせたディナーを考えることができたのに。

隼介にしてみれば、師匠に自分の料理を食べてもらえるだけでもありがたいのだ。もちろん食事代は自分が出すし、料理の内容が違っても、テーブルの間を衝立《ついたて》で仕切れば、ほかの宿泊客にも配慮できるだろう。

しかしいまとなっては、それもできない。

残念がる隼介に、師匠は『いいんだよ』と笑った。

『特別扱いはしなくていい。僕はひとりのお客として、猫番館のクリスマスディナーをいただきたいんだ。だから隼くんも気負わずに、いつも通りに腕をふるってほしい。僕が食べたいのは「弟子」の料理じゃなくて、「天宮シェフ」の料理だからね』

「師匠……」

『きみの料理を食べるのは、何年ぶりになるのかなあ。東京の店にいたころは、何回か食事に行ったけど、猫番館ははじめてだね。楽しみにしているよ』

通話を終えた隼介は、スマホの画面をじっと見つめた。

(師匠が猫番館に来るのか……)

クリスマスシーズンは、あちらのホテルも多忙のはずだ。すでに経営から退《しりぞ》いている奥さんはともかく、師匠がいなくても大丈夫なのだろうか。料理人なら次女がいるし、アルバイトも雇っているなら、問題なく回せるかもしれないが……。

立ち上がった隼介は、棚の上に置いてある写真立てを手にとった。

飾ってある写真は、師匠に弟子入りしたばかりのころ、厨房で奥さんに撮ってもらったものだ。着慣れないコックコートに袖を通し、緊張の面持《おもも》ちで写っている隼介の隣で、師匠は満面の笑みを浮かべている。

(このときは俺、まだ十代だったんだよな)

脳裏に昔の記憶がよみがえる。

隼介が将来、料理人になろうと決めたのは、高校に入ってからのことだった。大学に行く気は、そもそもなかった。進学してまで勉強したいとは思わず、高校を出たら働きたいと考えていた。

隼介の両親は離婚しており、中学に入ってからは母方の実家で、母と祖母の三人で暮らしていた。父から養育費はもらっていたが、たいした足しにはならず、余裕のある暮らしとは言えなかったと思う。母に金銭的な負担をかけないようにするには、はやめに就職して自立すればいい。そう思うのは自然なことだった。

仕事をするなら、できれば手に職をつけたい。

何がいいかと考えて、隼介が選択したのは料理人だった。料理は中学生のころから祖母に教えてもらっており、忙しい母の代わりに、よく食事をつくっていたのだ。当時は和食のほうが得意だったので、専門もそちらにしようと思っていたのだが……。

『隼介さ、料理人になるならフレンチシェフをめざしてみないか？』

そう言ったのは、歳《とし》の離れた兄だった。

すでに社会人になっていた兄は、東京のフレンチレストランで働いていた。料理人ではなかったが、いずれは経営者として自分の店を持ちたいのだという。

『俺が店を開いたら、隼介はそこで働いてくれよ。一緒に仕事をしよう』

兄弟で店を盛り立てていく。それは隼介にとって、非常に魅力的な誘いだった。

フランス料理を学ぶことを決めた隼介は、さっそく修業ができる店を探しはじめた。調理の専門学校に通う費用はなかったので、一から教えてくれる人に出会わなければ。しかし条件に合う店はなかなか見つからず、途方に暮れてしまった。

(そんなときに、師匠のことを知ったんだよな)

修業先が決まらず焦っていたとき、たまたまついていたテレビではじまったローカル番組。そこで紹介されていたのが、師匠のホテルだったのだ。

最初はさしたる興味もなく、ぼんやり観ていたのだが……。

厨房の様子が映し出されてからは、いつの間にか釘づけになっていた。

白いコックコートに身を包んだシェフが、狭い厨房で生き生きと働いている。巧みな包丁さばきに、スピーディーで無駄のない動き。助手に出す指示も的確で、完成した料理の芸術的な美しさには、思わずため息が出るほどだった。

そして何より、仕事をしているときの楽しそうな表情。映っていたのはさほど長い時間でもなかったのに、すっかり惹《ひ》きつけられてしまった。

放映後に調べてみると、あのシェフは東京の有名なフレンチレストランで腕をふるっていたこともあるらしい。両親が経営するホテルを継いでからは、そこの料理人として宿泊客のために食事をつくっているようだ。

――あのシェフが手がける料理を食べてみたい。

そんな衝動に突き動かされて、隼介はすぐさまホテルに予約を入れた。

軽井沢に向かった隼介は、コツコツと貯めていたバイト代を使って宿泊した。そして絶品の料理を味わい、この人の下で修業をしたいと強く感じたのだ。

その勢いのままシェフを呼んでもらった隼介は、開口一番にこう言った。

『お願いします、俺を弟子にしてください！』

（いまから思えば、師匠もよく俺を弟子にとってくれたよな）

昔の写真を見つめながら、隼介は苦笑いを浮かべる。

当時はまだ高校生だったとはいえ、我ながら無謀なことをしたものだ。

もし自分が師匠の立場だったら、いきなり弟子入り志願をする若造など、すげなく追い返していたかもしれない。けれど師匠はおどろきつつも、隼介の話を聞いてくれた。そして高校を卒業したら、荷物を持ってこちらにおいでと言ってくれたのだ。

あのとき師匠が弟子入りを許してくれたおかげで、自分は念願の料理人になることができた。普段は優しくおっとりしている師匠は、料理については厳しかった。多くの経験をさせてもらい、徹底的に鍛え上げられたことが、いまの隼介を支える土台になっている。

そんな大恩ある師匠が、自分の料理を食べるために、猫番館に来てくれる――

せっかく師匠に食してもらえるのなら、とっておきのメニューを考えたかった。しかしそんな時間はないし、師匠も特別扱いは望んでいない。

いまの自分にできるのは、予定しているクリスマスディナーを、最高のものに仕上げること。いつもと同じく、宿泊客のために腕をふるうことが、結果として師匠によろこんでもらうことにもつながるに違いない。

「……よし」

写真立てを戻した隼介は、ぎゅっとこぶしを握りしめた。

十二月二十四日、クリスマスイブ――

チェックインの開始となる十四時を少し過ぎたころ、師匠からホテルに到着したという連絡が届いた。厨房を出た隼介がロビーに行くと、フロントの近くに立っていた師匠が嬉しそうに駆け寄ってくる。

「ああ、隼くん！　久しぶりだねえ」

「ご無沙汰《ぶさた》しています、師匠。お元気そうでよかった」

「隼くんもね。あいかわらずみごとな筋肉だなー」

師匠は楽しげに笑いながら、隼介の二の腕を軽く叩いた。

数年ぶりに顔を合わせた師匠は、思っていたより老けていた。年齢を考えればおかしなことではないのだが、白髪やシワは増えたし、体も少し小さくなってしまったような気がする。それでも明るい雰囲気は変わっていなかったのでほっとした。

「ここはなかなかお洒落なホテルだね。フロントにいる猫も可愛いし」

「客室もいいですよ。ゆっくりくつろげると思います」

「それは楽しみだ。夕食の時間までのんびりさせてもらうよ」

小夏に案内されて客室に向かう夫妻を見送ってから、隼介は踵《きびす》を返した。厨房のドアを開けると、夕食用のパンの仕込みをしていた紗良が顔を上げる。

「天宮さん、お師匠さまには会えましたか?」

「ああ」

「天宮さんのクリスマスディナーを召し上がるために、ご夫婦で横浜まで来てくださったんですね。これはいつもより腕が鳴る感じでしょうか」

「いや……普段通りだ」

コックコートの袖をまくりながら、隼介は淡々《たんたん》とした声音《こわね》で答えた。

十代のころは似合わないと感じていたこの服も、いまでは体の一部のように馴染んでいる。それだけの年月を料理人として過ごしてきたのだと思うと感慨《かんがい》深い。

「俺の仕事は、猫番館の宿泊客に、いつでも最高の食事を提供することだ。師匠だろうと家族だろうと関係ない。誰が来るかで一喜一憂していたら、料理の質に差異が出る。だから普段通りに仕事をするのが一番いいんだ」

そうだ。自分にとって大事な人でも、必要以上に意識すれば、いつもの感覚がくるってしまう。どんなときでも冷静に、落ち着いて仕事をしてこそプロなのだ。

コック帽をかぶった隼介は、手指の消毒をし直した。仕込みの続きを開始する。

猫番館のクリスマスディナーは二種類。スイートルームと一般客室でコース内容が異なり、食材にも違いがある。隼介は料理人の早乙女《さおとめ》や、アルバイトの調理助手らに指示を飛ばしながら、きびきびと仕事を進めていった。

フランス料理のコース構成は、店によって多少は変わってくるものの、基本的な流れは決まっている。

猫番館ではオードブルと呼ばれる前菜からはじまって、スープに魚介料理、口直しに冷たいソルベを挟み、肉料理を出していた。メインのあとは甘いデザートを提供し、最後に珈琲か紅茶を選んでもらう。もちろんパンも忘れない。

これがスイートルームになると、内容のほかに品数も変わる。

こちらは食前酒とともに楽しめるアミューズと、肉料理とデザートの間に出すチーズが追加されるのだ。それはクリスマスディナーも変わらない。

「シェフ、ジャガイモのソテーができました！」

「よし。それじゃ、次はニンジンのグラッセをつくっておいてくれ」

「イエッサー！」

ディナーの開始に間に合わせるため、厨房は忙しくも活気にあふれている。

夕食用のバゲットとプチブールが焼き上がり、下ごしらえも完了すると、いよいよディナーの時間になった。

クリスマスディナーのメニューは、厨房のホワイトボードに記してある。

前菜はトリュフが香る、サーモンと帆立《ほたて》のテリーヌ。

スープはオマール海老《えび》の濃厚な旨味を閉じこめて、なめらかなビスクに仕上げた。

魚介料理は、いまが旬の金目鯛《きんめだい》を使ったヴァプール。ふんわりとやわらかく蒸し上げた身は、脂《あぶら》が乗ってコクもある。柚子《ゆず》風味のソース・ヴァン・ブランは香りがよく、後味もさわやか。辛口の白ワインともよく合うだろう。

ダイニングルームでは今日と明日、食事をしながら楽しめる、限定のクリスマスイベントが開催される。

今年は横浜出身の女性ピアニストによる演奏会と、昨年と同じマジックショーの二部構成だ。昨年、ピンチヒッターで雇ったマジシャンの舞台が好評を博したため、今年は正式に依頼することになったらしい。

マジックは見られないし、ピアノの音色に耳をかたむけている余裕もないが、お客が満足してくれているならそれでいい。自分はクリスマスを楽しむ側ではなく、楽しませる側なのだ。それはほかならぬ自分が望んだこと。

「天宮シェフ！　三番テーブル、肉料理《ヴィアンド》をお願いします！」

「了解！」

　ウェイターの桃田《ももた》の言葉で、隼介は塩コショウをふって馴染ませておいた牛肉に視線を向けた。フライパンを熱して牛脂《ぎゅうし》を引き、刻んだニンニクを少し加えてから、肉の両面を焼いていく。

　ミディアムレアに焼き上がったサーロインステーキは、食べやすいように切り分けて盛りつけた。残っていた肉汁とバルサミコ酢を使ってソースをつくり、ステーキに回しかければできあがりだ。ソースのかけかたにもこだわって、美しく見せるのがフランス流。野菜のつけ合わせを添え、クレソンを飾って彩りよく仕上げる。

「三番の肉！」

「はい！」

　桃田が料理を運んでいくと、隼介はすぐに次のステーキを焼きはじめた。

　牛肉は焼き方ひとつで食感が大きく変わってしまうので、一時も気を抜けない。お客の中には生焼けが苦手で、ウェルダンを希望する人もいる。そういった注意事項も忘れないようにしながら、隼介は目の前の料理に集中し続けた。

　息つく間もなく働いているうちに、時間が過ぎていき――

「一番テーブル、珈琲を三つ。七番テーブルは紅茶と珈琲ひとつずつです」

料理はすべて出し終わり、残るはデザートと、最後の飲み物だけになった。すでに食事を終えたテーブルもあり、マジックショーを楽しんでいるようだ。

ここまで来ると、戦場のようだった厨房の雰囲気もやわらぎ、ほっとひと息つけるようになっていた。早乙女は少し前に退勤したが、普段はとっくに寮に帰っているはずの誠《まこと》が残り、みずからデザートを担当している。

「高瀬さん、評判は上々のようですよ」

「今年は可愛らしさを重視してみたけど、成功だったな」

誠がつくったのは、クリスマスをテーマにしたデザートプレート。

ガナッシュクリームを挟んだミニサイズのロールケーキは、ブッシュ・ド・ノエルをイメージしているのだろう。ほかにも苺《いちご》と生クリームでつくったサンタクロースや、トナカイ型のクッキー。苺のゼリーとヨーグルトムースの二層仕立てにはミントの葉を飾り、クリスマスカラーを演出している。

「さーて、これでラストだ。メリー・クリスマス！」

最後のデザートプレートを仕上げた誠は、満足そうに厨房をあとにした。

(師匠たちも、食事はもう終わったよな……)

無心に腕をふるった料理は、気に入ってもらえただろうか。

それからしばらくして、マジックショーが終演した。大きな拍手の音が聞こえてくる。

すべてのイベントが終了すると、お客はダイニングルームを出て、それぞれの客室に引き揚げていった。隼介はバイトの学生たちとともに、厨房の片づけにとりかかる。

「――よし、だいたい終わったな。上がっていいぞ」

「お疲れ様でした！」

「そこに高瀬さんが用意してくれた菓子袋がある。ひとつずつ持っていけ」

「やった！　ありがとうございまーす」

バイトの学生たちが退勤すると、厨房はとたんに静かになった。

お湯を沸かした隼介は、スタッフ用の茶筒で緑茶を淹れた。スツールに座って休憩していると、出入り口のほうから声をかけられる。

「隼くん、お疲れ様。仕事はもう終わったかい？」

「師匠！」

「ああ、立たなくていいよ。疲れてるだろうからそのままで」

微笑んだ師匠は「ちょっとお邪魔してもいいかな？」とたずねてきた。今日の仕事は終了したので、隼介は師匠を厨房に招き入れる。

「それじゃ失礼。おお、やっぱりうちの厨房よりも広いなぁ」

（師匠が猫番館の厨房に……！）

興味深げに中を見回す師匠の姿に、不思議な感動を覚える。厨房という空間にふたりがそろうのは、何年ぶりのことになるのか。自分の城でもあるこの場所を、ほかでもない師匠が見ているのだと思うと、嬉しくもくすぐったい。

「隼くんはいま、ここの料理長なんだよね？」

「はい」

「すごくいい厨房だと思うよ。仕事がしやすそうな感じだし、何より雰囲気がいい。ここで働いている人たちが、大事に使っているんだなって空気が伝わってくる。料理長の隼くんが、みんなをうまくまとめているからなんだろうね」

納得したようにうなずいた師匠が、「ああそうだ」と言って、手にしていたものを隼介に渡した。透明なビニール袋に入っていたのは、見覚えのある半月型のアップルパイ。昼間に紗良が焼いていたショソン・オ・ポムだ。

「喫茶室で売ってたから、つい何個も買っちゃったよ。ひとつ差し入れ」

空腹だったので、隼介はお礼を言って受けとった。バターがたっぷり使われた繊細なパイ生地と、中に詰まったりんごの甘煮。とろけるような甘さが疲れた体に沁《し》み渡る。

空いていたスツールに腰かけた師匠が、慈愛のこもった目で隼介を見つめた。

「隼くん。クリスマスディナー、とても美味しかったよ」

「！」

「前よりも腕を上げたね。一流シェフの素晴らしい料理を堪能させてもらったよ。コンサートもマジックショーも楽しかったし、久しぶりにクリスマスを満喫できた」

師匠は自分の料理に満足してくれたのだ。隼介の心によろこびが広がっていく。

「それにしても。まさか隼くんがこれほどのシェフになるとはなあ」

隼介が淹れたお茶を飲みながら、師匠はしみじみと言う。

「僕のところに弟子入りしたいって言ってきたのは、高三のときだっけ？　あれからもう十五年以上がたったのか。僕も歳をとるわけだ」

「あのときはその、いきなりあんなことを言ってすみませんでした」

「いやいや。びっくりはしたけど、嬉しかったよ。あんなにストレートに弟子入り志願をされたのははじめてだったし、それだけ僕の料理を気に入ってくれたってことだしね。だからその熱意に期待して、育ててみようかって思ったんだ」

おもむろに手を伸ばした師匠は、隼介の肩に触れて笑う。

「結果は期待以上だった。金の卵を孵《かえ》すことができたのを誇りに思うよ」

「師匠……」

じんわりとした幸福感が、隼介の心を優しく満たしていく。

「――実はね、隼くんに報告があるんだ。僕は今年を最後に、料理人を引退する」

「えっ……」

「二、三年前から、いろいろと体がきつくなってきてね。料理人は力仕事だし、体力も必要だろう？　自分ではまだまだ若いつもりでも、もう七十過ぎだからね。生涯現役とはいかなかったけど、ホテルは娘たちが引き継いでくれたし、未練はないよ」

「そう……ですか。長い間、本当にお疲れ様でした」

隼介は敬意をこめて頭を下げた。いつかはこんな日が来ると思っていたが、いざそのときを迎えると、胸が詰まる。父のように慕っている人だから、せつなさも大きい。

「大丈夫。仕事は引退しても、料理をやめるわけじゃないから」

はっとして顔を上げると、師匠はいつもと変わらない笑みを浮かべていた。

「料理はこれからもつくり続けるし、悠々自適な隠居生活も楽しそうだ。時間ができれば今日みたいに、猫番館に泊まって隼くんの料理も食べられるからね」

表情をほころばせた隼介は、大事な師匠に言葉を贈る。

「いつでも泊まりに来てください。最高の料理をお出しします」

Tea Time

三杯目

メリー・クリスマス！

この月最大のイベントといえば、そう、言わずと知れたクリスマスです。

テレビに映し出される町の光景は、カラフルでにぎやか。商業施設はきらびやかに飾りつけられ、クリスマス一色に染まります。日が暮れると、宝石のようにきらめくイルミネーションが灯《とも》されて、気分はまさに最高潮。わたしの心も躍《おど》ります。

でもわたしは、知っていますよ。

これだけクリスマスを強調していても、二十五日が終わったとたんに、雰囲気が一変することを。

洋風から和風への、あざやかなる転換。ツリーは門松に、リースは注連縄《しめなわ》に、チキンやケーキはおせちに変わり、年末年始モードに切り替わる。何事もイベントとして全力で楽しもうとする姿勢は、とても柔軟でたくましい感じがしますね。

ああ、話が先に進んでしまいました。クリスマスはまだ終わっていないのに。

今日は十二月二十四日。神聖なるクリスマスイブです。

料理長の隼介《しゅんすけ》さんが腕をふるうディナーに加えて、限定のイベントが開催されることもあり、ホテル猫番館《ねこばんかん》は今年も満室御礼です。

チェックインがはじまると、さっそくお客様方がやって来ました。

見たところ例年と同じく、夫婦や恋人同士と思《おぼ》しき男女のペアが多いようです。

けれど今年のスイートルームをゲットしたのは、首都圏にお住まいだという、老齢の三姉妹。気心の知れた姉や妹と、この上なく贅沢《ぜいたく》なひとときを楽しむのも、素晴らしいクリスマスの過ごし方だと思いませんか？　わたしも可愛《かわい》い妹のマリーと、久しぶりに会って話がしたくなりました。

「あらまー、この白猫ちゃん、お洋服着てるわよ」

「なんて可愛いのかしら！　ちょっとお写真撮ってもいい？」

「姉さん、一緒に撮ってあげるわよ。並んで並んでー」

わたしはこの日のために、下僕の要《かなめ》が用意した猫用ケープを身にまとっています。雪のような純白の体に、赤いケープはよく映えるでしょう？　女王が羽織るマントのようで気分もよく、三姉妹様もわたしの高貴な姿に釘づけです。

「白猫ちゃん、ありがとねー」

三姉妹様が離れたあとも、わたしに触れて写真を撮りたいというお客様が、ずらりとスタンバイしています。まるで以前にテレビで観た、アイドルの握手会のようではないですか。わたしは高揚感に浸りながら、にこやかに交流を続けました。

「マダム、お疲れー。大人気だったね」

すべてのお客様のチェックインが終わると、フロントにいたアルバイトの梅原《うめはら》くんが声をかけてきました。仕事をはじめたばかりのころは頼りなかった彼も、いまではすっかり一人前のホテリエです。

「こっちおいでよ。そのケープ脱がしてあげる」

『まあ、何を言うの！　これから寮でパーティーがあるのよ。終わるまでは脱がないわ』

「えーと？　もしかして脱ぎたくないのかな？　合ってる？」

『その通りよ』

「よしよし。俺もだんだんマダムの言いたいことがわかってきたかも」

得意げにうなずく梅原くん。彼が要と同じレベルに到達するまでには、まだまだ時間がかかるでしょう。ですが、忠実な下僕が増えるのはいいことです。彼のさらなる成長に期待しながら、わたしはロビーをあとにしました。

ホテルを出て庭を歩いていると、野良猫たちもこぞって話しかけてきます。

『あらマダム、素敵なお召し物ですね』

『サンタクロースっぽい感じ？』

『ほー。よくわからんが、そういうもんが洒落《しゃれ》てんのか。まぁ似合うけどよ』

機嫌よく寮に到着したわたしは、猫用の出入り口から玄関に入りました。わたしはきれい好きなので、外を歩いた足のまま上がるような真似《まね》はしません。置いてあるマットで汚れを落とし、誰かに手足を拭いてもらうまでは、玄関で待機するのです。

「あ、マダム！　お帰りなさい。そのケープ可愛いですね」

今日はタイミングよく、紗良《さら》さんと会うことができました。彼女に手足をきれいにしてもらってから、ともにリビングへと向かいます。

「さっき、叔父さまがクリスマスケーキを持ってきてくれたんです。小夏《こなつ》さんが頼んだピザも、そろそろ届くかと。マダムには、要さんがとっておきのおやつを用意してくれているみたいですよ」

豪華なフルコースやイベントはありませんが、従業員寮で過ごすささやかなクリスマスも、わたしはとても好きなのです。今年も大いに楽しもうではありませんか。

リビングのドアが開くと、わたしはピンと尻尾を立てて、中に入っていきました。

四泊目

羽ばたきのブレッツェル

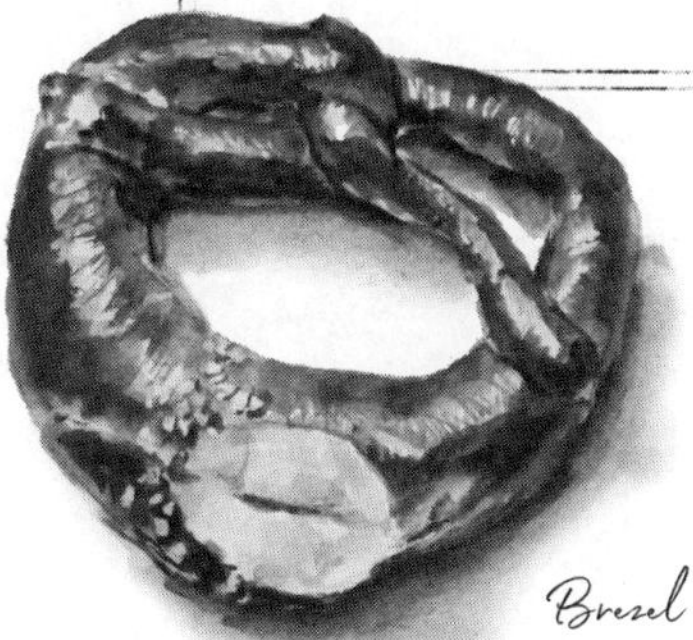

師匠とはじめて会ったのは、高校一年生のときだった。

「パン職人って楽しそう。将来はわたしもパンをつくる仕事をしてみたいです」

「口で言うほど簡単じゃないぞ」

「もちろんわかっています。でも、いつかわたしがパン職人の卵になれたら、店長さんの弟子にしていただけますか？」

「弟子ねえ……。ま、期待しないで待ってるよ」

そう言って苦笑した師匠は、まだ気づいていなかったのだろう。

単なる思いつきでも、気まぐれでもなく。紗良《さら》が本気でパン職人の道に進もうと、強く決意していたことに。


師匠と働いていた和久井《わくい》ベーカリーの閉店から、三カ月後――

「あ、紗良ちゃん！　こっちこっち」

駅の改札を出た紗良に向けて、嬉《うれ》しそうに手をふってきたのは、還暦《かんれき》をいくつか過ぎたくらいに見える女性だった。白黒ボーダーのトップスにワイドパンツという、カジュアルな服装の彼女は、和久井寿子《ひさこ》。師匠である和久井竜生《たつお》の奥さんだ。

「ご無沙汰《ぶさた》しています、寿子さん」

「紗良ちゃんも元気そうでよかったわぁ。じゃ、行きましょうか」

笑顔で挨拶《あいさつ》をかわしてから、紗良と寿子は連れ立って歩きはじめた。

四月も終わりに近づけば、昼間は汗ばむほどに気温が上がる日も増える。今日は朝から晴天で、半袖《そで》でも過ごせそうなほどにあたたかい。和久井ベーカリーが閉店した一月末は寒々しかった染井吉野《そめいよしの》の枝も、いまは青々とした若葉が揺れている。

「お師匠さまの様子はどうですか?」

「最近はイライラすることも減ってきて、気持ちが落ち着いてきたみたいよ。リハビリの効果が出てきたから、安心したのかもしれないわね」

「そうですか……。よかった」

寿子の話を聞いた紗良は、ほっと胸を撫《な》で下ろした。

師匠が仕事中に倒れ、救急搬送されたのは、昨年の十二月。脳梗塞《こうそく》の影響で半身に麻痺《まひ》が残り、これまでのように働くことができなくなってしまった。

命こそ助かったものの、思うように動かせなくなった手足では、日常生活を送ることすら苦労する。厨房《ちゅうぼう》に立ってパンをつくることもできなくなり、師匠は断腸《だんちょう》の思いで、お店を閉めることを決めたのだった。

（本音を言えば……）

できることなら、自分が師匠の後を引き継ぎ、あのお店を守りたかった。

紗良はパン職人としての経験は浅いし、経営についても詳しくない。ひとりでやるのは無謀だが、師匠がアドバイザーについてくれたらどうだろう？

店舗まで奪われたわけではないし、オーブンをはじめ、和久井ベーカリーに置いてある機材の使い方は心得ている。職人が足りなければ、新しく雇えばいい。とにかく師匠と店舗がそろっていれば、なんとかなるのではないかと考えたのだ。

しかし――

寿子と並んで歩きながら、紗良はぐっと奥歯を噛《か》んだ。

和久井ベーカリーは賃貸で、小さなテナントビルの一階に店舗を借りていた。そのビルが老朽化のため、近く取り壊されてしまうのだという。更地になった場所には、前のオーナーから土地を購入した会社が、新しい商業ビルを建てるらしい。

オーナーが変わったことで、新築のビルが完成しても、和久井ベーカリーが入居できる可能性は低くなった。師匠は同じ場所で営業することをあきらめ、移転先を探していたのだが、その最中に倒れてしまったのだ。

（あのお店があれば、どうにかできるかもって思ったのに……）

和久井ベーカリーの常連客は、ほとんどが近所の人である。だから師匠も、前のお店の近くに移転したいと考えていたらしい。しかしちょうどいい物件が見つからず、暗礁《あんしょう》に乗り上げていたようだ。

移転先が遠くなればなるほど、既存のお客は離れていく。熱心な常連ならついてきてくれるかもしれないが、足が遠のいてしまう人のほうが多いだろう。

近場をあきらめ、新天地に移ったとしても……。昔ながらのベーカリーが、果たしてどれだけの新規客を得られるのか。紗良にはそんなそぶりを見せず、いつも通りに仕事をしていたけれど、心の底では不安をかかえていたに違いない。

そんなときに病気になり、後遺症まで出てしまったら。

うまくいかないことが重なって、大きなショックを受けたのだろう。心を閉ざした師匠は、そのままお店を閉めてしまった。弱った姿を見せたくなかったのか、紗良とも会ってくれなくなり、現在に至っている。

離れていても、師匠のことはいつも気にかけている。

師匠の気持ちが安定して、少しでも前向きになってくれたら、これほど嬉しいことはない。さらなるリハビリの効果が出ることを祈るばかりだ。そうなれば、ふたたび紗良とも会う気になってくれるかもしれない。

「うちの人は大丈夫そうだけど、紗良ちゃんはどうなの？」

「わたしですか？」

「転職したの、先月だったわよね。新しい職場には馴染《なじ》めそうな感じ？」

「そうですね……。パンをつくるという仕事は同じでも、お店とホテルはぜんぜん勝手が違いますから。はじめのころはミスも多くて、厨房の方々に迷惑をかけてしまったんですけど、最近は少しずつ慣れてきました」

和久井ベーカリーの閉店で失業した紗良は、次の職場を探すことになった。

本当はもっと、師匠のもとで修業がしたかった。許してもらえるのなら、十年でも二十年でも、師匠と一緒に働きたかった。

それなのに、三年もたたずに離れることになるなんて……。

しかし、紗良にも生活がある。いつまでも無職のままではいられない。

祖父にはお見合いをすすめられ、困惑していたときに手を差し伸べてくれたのが、叔父の誠《まこと》だった。叔父に紹介してもらい、紗良は横浜《よこはま》の山手《やまて》にある洋館ホテル、猫番館《ねこばんかん》の専属パン職人として働くことになったのだ。

ホテル勤務は大変だけれど、やりがいのある仕事だ。強面《こわもて》の料理長は厳しい人だが、理不尽なことは言わないし、困ったときにはさりげなく手助けしてくれる。

ほかのスタッフもいい人ばかりで、とても雰囲気がよく、働きやすい職場だ。

（わたしはもう、猫番館のパン職人なんだから。あのホテルで頑張ろう）

あらためてそう思ったとき、目的地が見えてきた。

建てられてから半世紀は過ぎていそうな、古びた小さな雑居ビル。少し前まではこの近くのアパートに住み、早朝から出勤していた。

休日には荒川の河川敷を散歩したり、友人と両国《りょうごく》まで大相撲《おおずもう》観戦に行ったり、浅草寺《せんそうじ》にお参りをしに行ったりしていたけれど。これからは違う過ごし方になるのだと思うと、やはりさびしいものを感じる。

「ちょっと上で鍵を借りてくるわね」

「はい」

ビルにたどり着くと、寿子は最上階にあるオーナーの事務所に向かった。取り壊しは来月からの予定なので、店舗はまだ残っているのだ。

ひとりになった紗良は、道路に面した和久井ベーカリーをじっと見つめる。

色あせた赤い日除けテントに、お店の名前が入ったガラス張りの窓。パンの絵が描かれた四角い吊り看板は、いま見てもやはり可愛《かわい》い。出入り口のドアに貼られた閉店のお知らせは、寿子がパソコンで打ち出したものだ。

(もうすぐこの建物もなくなっちゃうなんて……)

師匠が寿子とともに開いたベーカリーは、三十五年で幕を閉じた。もっと長く続けてほしかったと思うと、胸がぎゅっと締めつけられる。

しばらくその場に立ち尽くしていると、鍵を手にした寿子が戻ってきた。

「紗良ちゃん、お待たせー。じゃあ入りましょうか」

お客はいないので、裏口に回る必要はない。寿子が鍵を使ってドアを開けると、紗良は彼女に続いて店内に足を踏み入れた。

「あー、やっぱり埃《ほこり》っぽいわ。人がいなくなるとどうしてもねえ」

「……………」

紗良はぐるりと売り場を見回した。レジはすでに撤去され、掛け時計やカレンダー、カウンターに飾ってあった置物なども片づけられている。

陳列棚には少し前まで、師匠と紗良が焼いたパンがずらりと並んでいた。

看板商品の黒糖くるみあんパンを筆頭に、バターをふんだんに使ったクロワッサンやフルーツデニッシュ。昔ながらのチョココロネやメロンパンに、全国で一大ブームを巻き起こし、定番化した塩バターロール。高校が近くにあるので、安くてお腹《なか》いっぱい食べられる、ボリュームたっぷりのコッペパンやサンドイッチも人気だった。

惣菜《そうざい》パンと菓子パンは、外から見える窓側の陳列棚に。

そして食卓に欠かせない食パンやフランスパンは、壁側の目立つ場所に。どこに何を置いていたのかも、はっきりと記憶している。

『いらっしゃいませ。あら、こんにちはー』

『今日はいいお天気ねえ。和久井さん、くるみあんパンまだ残ってる？』

『ただいまクロワッサンが焼き上がりましたー！』

『ちょうどよかった。お姉さん、ひとつちょうだい』

『お、スタンプ満タンになったな。好きなパンをひとつサービスだ』

『やった！　じゃ、コロッケパンもらっていいっすか？』

『おう。明日は試合なんだろ？　頑張れよ』

目を閉じれば、にぎわっていたかつての光景が脳裏に浮かぶ。けれどまぶたを開けた瞬間に、幻《まぼろし》のように消えていってしまい――

わかってはいたけれど、がらんとした店内は空虚で、とてもさびしい。

あのころからまだ、半年もたっていないのに。陳列棚や床には埃が積もり、もう使われていない場所なのだと思い知らされる。職人として働いていたのは三年弱だが、高校生のころから通っていたお店だったので、悲しみは大きい。

（狭いお店なのに、何もないと広く感じる……）

そんなことを思いながら、紗良は売り場の奥にある厨房に入った。

――ここも……。

厨房をひと目見たとたんに、なんとも言えない寂寥《せきりょう》感が胸をよぎる。

デッキオーブンやコンベクションオーブン、ドゥコンディショナーや冷凍冷蔵庫などの大型設備は、中古品を取り扱う業者に売却していた。小型の機材や調理器具も運び出されており、ほとんど何も残っていない。

シャッター音が聞こえてふり向くと、寿子がスマホで厨房内を撮影している。

「なんとなく、写真に残しておきたくなってね。しばらくは見返すのもつらいかもしれないけど、いつかはなつかしく思える日が来るかもしれないし」

「ええ……わかります」

ビルが取り壊されてしまう前に、最後にもう一度、お店を見たい。

寿子にそう頼んだのは、紗良だった。せつなくなるのはわかっていても、師匠と過ごしたお店の姿を、この目に焼きつけておきたかったのだ。

紗良は木製の作業台に、そっと触れた。

古い上に傷が多すぎるため、業者に引きとってはもらえなかったものだ。

（この台の上で、数えきれないくらいのパンをつくった）

専門学校の製パン科を卒業した紗良は、かねての約束通り、師匠に弟子入りをさせてもらった。専門学校である程度の基礎は学んでいたが、学生時代の実習と、職人として実際に行う仕事はかなり違う。毎朝決まった数のパンを焼くスピードについていけず、最初のころは戸惑って、失敗ばかりしてしまった。

それでも食らいついていけたのは、パンに対する愛情と、師匠に抱いた深い尊敬の念があったから。

師匠の指導は厳しかったが、それはひとえに、紗良を一人前のパン職人に育て上げるため。遠慮なく鍛える一方で、うまくできたときには笑顔で成長を褒めてくれた。パンづくりの楽しさと、成功したときの達成感を味わわせてくれたのも師匠である。

このお店で働いていたとき、師匠はさまざまなパンのつくり方を伝授してくれた。

しかし、黒糖くるみあんパンだけは条件があった。師匠のもとで五年間、みっちり修業を積んだ暁《あかつき》に教えてもらう約束だったのだ。その前に和久井ベーカリーが閉店してしまったので、教わることができなかった。

心残りはあるけれど、可能性が消えたわけではない。

（あのパンを教えてもいいと、お師匠さまに思ってもらえたら）

紗良がいまできるのは、猫番館のパン職人として腕を磨くこと。

何年先になってもかまわない。一人前の職人になり、師匠に自分が焼いたパンを認めてもらうことができれば、もしかしたら――

「あら。紗良ちゃんは写真、撮らないの？」

決意をあらたにしていた紗良は、寿子の言葉で我に返った。

自分のスマホをとり出そうとして、考える。

写真を撮るのもいいけれど、もっと別の形で、和久井ベーカリーの思い出を手元に残すことはできないだろうか。ここにお店があったのだという、たしかな証《あかし》。そんなものがあれば、ぜひとも持って帰りたい。

寿子が言うように、いまはつらくても、いつかはなつかしく思い返すことができるかもしれない。その日のためにも、何かないだろうか……？

考えをめぐらせていた紗良は、ふいに顔を上げた。そうだ。「あれ」なら！

「あの、寿子さん！　お願いしたいことがあるんですけど――」

ふいに鳴り響いた電子音が、紗良の意識を現実へと引き戻す。

目を開けた紗良は、枕元に手を伸ばした。スマホのアラームを止めてから、ゆっくりと起き上がる。

時刻は八時。今日は仕事が休みなので、起床時間も遅い。

(あのときの夢を見たのって、はじめてかも)

古いテナントビルが取り壊される前、最後に和久井ベーカリーに行ったときの記憶。

時がたつのははやいもの。あれから一年半以上が経過した現在、古いビルは新築のお洒落《しゃれ》な建物へと生まれ変わった。新しいビルの一階には、パン屋ではなく、洋菓子専門のパティスリーが入っている。さびしいけれど、それが現実だ。

和久井ベーカリーはなくなってしまったが、師匠と再会することはできた。

そして師匠の宝である、黒糖くるみあんパンのつくり方も教えてもらえたのだ。

紗良が引き継いだ看板商品は、猫番館の名物として、着々とファンを増やしている。師匠のパンはこのホテルで、いまでもしっかり生きているのだ。

口元をほころばせた紗良は、ベッドから抜け出して窓辺に立った。

カーテンを開けると、外はよく晴れている。気温は低いが、絶好の外出日和《びより》だ。

今日は十二月二十八日。壁にかかったカレンダーには、カラーペンでしるしをつけていた。要《かなめ》と約束していたデートの日を迎え、朝から心がはずんでいる。

十二月は繁忙期。紗良も要も、クリスマスまでは怒涛《どとう》の忙しさだった。

公休日も疲れて寝ることくらいしかできず、近所に買い出しに行くだけで精一杯。

要とは早上がりの日に、一度だけ外で夕食をとったが、休みを合わせて遊びに行くのははじめてだ。ふたりで出かけるのは、九月に水族館に行ったとき以来のこと。あのときはまだおつき合いをしていなかったから、正式な（？）デートは今回が初となる。

（要さんとは十二時に、桜木町《さくらぎちょう》駅で待ち合わせよね）

彼は午前中に用事があるとのことで、現地集合になったのだ。

水族館のときのように、一緒に寮を出て目的地に行くのもいいけれど。待ち合わせというのもデートらしくて、心がときめく。

（まだ時間があるし、ゆっくりできそう）

仕事の日はいつもバタバタしているが、今日は余裕をもって支度ができる。

タオルと部屋着を手にした紗良は、室内に備えつけてあるシャワールームに向かった。

熱めのお湯を浴びてさっぱりしてから、ドライヤーで髪を乾かしていく。

夏はまだしも、真冬に長い髪を乾かすのは大変だ。でも、ショートカットやボブカットが似合わないのでしかたがない。普段はふたつのお団子にしているが、今日は時間もあることだし、ヘアセットを頑張ってみよう。

髪を乾かし朝食をとり、歯磨きも済ませた紗良は、クローゼットを開けて考える。

「うーん……、何を着ていこう？」

本当は先日に買った、白いニットを着るつもりだった。可愛いデザインに惹《ひ》かれて衝動買いをしたのだが、なにぶん白は汚れが目立つ。今日は食事もするし、何かの拍子に汚れがついたら、気になって楽しめなくなってしまいそうだ。

検討した結果、白はあきらめ、前から持っていたボルドー色のニットを選ぶ。下はチェックのフレアスカートにして、タイツを穿《は》けばあたたかいだろう。服装に合うバッグも用意して、荷物を入れる。

髪は動画を参考に、大人っぽいハーフアップスタイルにしてみた。簡単だと紹介されていたけれど、これがなかなかむずかしい。小夏《こなつ》は「紗良ちゃんなら巻き髪にしても似合いそう」と言っていたが、あまり気合いを入れすぎるのも恥ずかしいので、今回は見送ることにする。

「これでよし。……変じゃないよね？」

紗良は鏡で髪型を確認してから、お化粧にとりかかった。

必要な道具は、メイクが得意な事務の泉《いずみ》にアドバイスを受け、ドラッグストアで一式を購入した。高価なものではないけれど、見ていると気持ちが華やぐ。

道具をきちんとそろえたら、やはり実践してみたくなるもの。

『外に出る用事がなくても、お化粧はしてもいいんですよ』

紗良の顔に合ったメイク用品を教えてもらったとき、泉はそう言っていた。

『新商品を試したり、違う組み合わせにしてみたり……。ひとりで確認したいこともあるでしょう。私は誰にも会わない日でも、フルメイクをするときがありますよ。気持ちが引きしまるし、鏡に映る顔がきれいだと、気分も上がりますからね』

泉の言葉に感銘《かんめい》を受け、紗良は休みの日などに暇を見つけて、メイクの研究をするようになった。はじめは加減がわからず、微妙な出来が続いたのだが、最近はそれなりに自然な仕上がりになってきたと思う。

(最後にチークをのせて……)

ピンク系のパウダーチークで血色感を出すと、顔色がぱっと明るくなった。時間をかけて丁寧に行ったおかげで、濃すぎず薄すぎず、きれいに仕上がっている。泉が言っていた通り、鏡の中の自分が素敵に見えると気分がいい。

(要さんもそう思ってくれるかな)

出かける時間になると、紗良はコートを羽織り、バッグと小さな紙袋を持った。紙袋の中には、要に渡すクリスマスプレゼントが入っている。

「忘れ物はなし……と」

荷物を確認した紗良は、うきうきしながら部屋を出た。

階段を下りて玄関の前まで行ったところで、ガチャリと音を立ててドアが開く。

「――ん？　なんだ紗良、出かけるのか？」

帰ってきたのは叔父だった。そういえば、今日は叔父も休みなのだ。

どこに行っていたのかと思えば、喫茶室で軽く仕事をしてきたらしい。ホテルの敷地内に寮があるので、気になることがあると、つい職場に行ってしまうのだろう。その気持ちはよくわかる。

靴を脱いで上がった叔父は、紗良の姿を見てにやりと笑った。

「今日はいつにも増して可愛いな。ついに彼氏ができたのか」

「ち、ちがいますよ。その……愛美《まなみ》ちゃん！　愛美ちゃんと遊びに行くんです！」

「おまえはほんとにわかりやすいな。ま、そういうことにしておくよ」

「うう……」

必死のごまかしもむなしく、あっさりバレてしまった。恥ずかしい。

相手が要だということまでは、まだ気づいていないだろう。近いうちに明かそうとは考えているのだが、身内にそういった話をするのは、やはり照れてしまう。

「しかし、紗良にもそんな相手ができるとはなあ」

叔父が感慨《かんがい》深げな口調で言う。

「まだまだ子どもだと思ってたのに」

「もう二十五ですから。どこからどう見ても大人です」

「兄貴も俺と同じこと言うと思うぞ。ああ見えて、おまえのこと溺愛《できあい》してるからな」

「あ、叔父さま！　お父さまにはまだ内緒にしておいてくださいね。お父さまとお母さまには、タイミングを見てわたしが話しますから」

「わかってるよ。兄貴たちはともかく、親父に知られたら面倒だしな」

（おじいさま……）

高瀬《たかせ》家の当主で、いまもなお、一族内で大きな影響力を持つ人――

紗良に恋人ができたことを知ったら、祖父はきっと、すぐに連れてくるようにと言うだろう。そして、その相手が高瀬家の娘にふさわしいかどうかを見定めるのだ。叔父はかつて、自分で選んだ婚約者を引き合わせ、否定されている。

要とのおつき合いを続けていけば、いつかは家族に紹介する日も来るだろう。

そのとき、祖父は彼をどう見るのか。何を言われても別れるつもりはないけれど、祖父が失礼な態度をとって、要に不快な思いをさせてしまったら……。

眉を寄せて考えていると、肩をぽんと叩かれた。

「まあ、いまからそこまで悩むことはないだろ。婚約したとかじゃなくて、まだ彼氏の段階だろ？　実家のことなんて考えなくていいから、楽しくやれよ」

「そう……ですね」

「ほら、いつまでもこんなところにいたら遅刻するぞ。待ち合わせしてるんだろ？」

「あっ！　バスの時間！」

我に返った紗良は、あわてて腕時計に目をやった。

「乗りたいバスには間に合いそうです。じゃ、行ってきますね！」

「ああ。ゆっくりしてきな」

うなずいた紗良は、靴箱からお気に入りのショートブーツをとり出した。そして笑顔の叔父に見送られ、寮をあとにしたのだった。


数時間後――

「うわぁ……！」

大きな窓の外に広がる絶景に、紗良は思わず歓声をあげた。

「要さん、海がすごくきれいですよ」

「今日は天気がいいからね」

「ベイブリッジも見えますね……！」

「こうやって上から見ると、港の形がよくわかるだろ」

紗良の隣に立った要が、やわらかな笑みを浮かべながら言う。

ネイビーのコートに黒いズボン、グレーのマフラーを巻いた要は、大きな紙袋を手にしていた。もしかしてあれは、紗良へのクリスマスプレゼントなのだろうか。ちらりと見えた中身はラッピングされているようなので、可能性は高い。

(でも、関係ないものかもしれないし……。じろじろ見るのも失礼よね)

気になったものの、紗良は紙袋から視線をそらし、景色に目を戻した。

正午に桜木町駅で待ち合わせていた紗良と要は、近くのお店で昼食をとってから、歩いてランドマークタワーに移動した。

一九九三年に竣工《しゅんこう》したこの建物の高さは、二九六メートル。

地上七十階建ての超高層ビルであり、中にはショッピングモールをはじめ、ホテルやオフィス、多目的ホールといった施設が入っている。横浜と聞いてすぐに頭に思い浮かぶような、シンボル的なタワーだ。

六十九階には展望フロアがあって、チケットを購入すれば、専用のエレベーターで一気に上がることができる。グッズを販売しているお店やカフェがあるし、横浜や神奈川、空といったテーマに関連する本もそろえてあり、読書を楽しめるのだという。

「でも、こんなに近くでよかったの?」

景色をじっと見下ろしていると、要がふたたび話しかけてきた。

「ここは山手からも近いし、行こうと思えばすぐに行けるだろ。展望台ならスカイツリーとか東京タワーとか、ほかにもあったのに」

「スカイツリーの展望台には、何回か行ったことがあるんですよ」

「あ、そうか。紗良さんが前に住んでたところからだと、そんなに遠くないよな」

「東京タワーも、子どものころにのぼったことがありますね。でも、ランドマークタワーの展望台ははじめてなんです。だから一度行ってみたくて」

「なるほどね」

要がふいに、紗良の顔をのぞきこんだ。いたずらっぽい口調で言う。

「それで、お嬢様?　ここからの景色はお気に召しましたか?」

「はい!」

即答した紗良は、声をはずませながら続けた。

「スカイツリーや東京タワーもいいですけど、わたしはここから見える景色が一番好きです。海と港はロマンがあるし、みなとみらいは華やかですしね。やっぱり横浜って素敵な街なんだなあと思えて」

「そうだね。俺も横浜は好きだよ」

紗良と目を合わせて、要はにっこり笑った。

「六歳からは横浜で育ったし、猫番館もあるから愛着も感じる。新卒のころは東京に住んでたけど、いまから思えばあまり気が休まらなかったな。だから転職してこっちに引っ越してきたときは、なんだかほっとしたよ」

「横浜は要さんにとって、大事な故郷なんですね」

「そこまで大げさなものじゃないけど、帰りたいと思う場所ではあるのかな」

要はおだやかな表情で答える。

「紗良さんの実家は鎌倉《かまくら》だっけ？　あのあたりも風情があっていいよなぁ。近いうちにふたりで行ってみようか」

「えっ！　じ、実家に!?」

「いや、鎌倉に遊びに行きたいなと。小町《こまち》通りとか、最近は行く機会がなくてね」

（そ……そういうことね。びっくりした）

一瞬あわてたものの、自分のカン違いだとわかって安堵《あんど》する。

寮を出る前、叔父と実家について話をしたから、つい過敏に反応してしまった。

「鎌倉に行くなら、春ごろはどうでしょう。鶴岡八幡宮《つるがおかはちまんぐう》とか建長寺《けんちょうじ》とか、桜の名所もいろいろありますよ」

「桜か。いいね。あたたかくなれば、ゆっくりお花見ができそうだし」

興味を引かれたのか、要が明るい顔でうなずいた。

満開の桜の下で、ふたりでお花見を楽しむ……。想像するだけで口元がゆるんだ。

「北鎌倉には、弟が少し前からアルバイトをはじめた和菓子屋さんがあるんです。たしか甘味処《かんみどころ》もやっているって言っていたような。静かでのんびりできるお店らしいので、一度食べに行ってみたいんですよね」

「へえ……。俺も一緒に行ったら、弟くんはおどろくかな」

「きっとおどろきますよ。ああでも、アルバイト先に身内が来たら恥ずかしがるかも。先に訊《き》いておきますね」

「紗良さんの弟って、どんな感じなのか気になるな。顔とか似てる？」

「よくそっくりだって言われます。叔父さまとわたしと弟が、同じ系統なんですよね。兄は母親似なので、ちょっと違うんですけど」

話に花を咲かせながら、紗良と要はその場を離れた。

（春になったら、要さんと鎌倉に……）

旅行に引き続き、デートの約束をとりつけることができた。嬉しくて心が躍《おど》る。

何カ月も先だというのに、要は紗良とふたりで行くと決めている。それはつまり、彼が描く未来の中に、しっかり紗良がいるということ。数カ月にとどまらず、何年先の未来であろうと、要の隣にいるのは自分であってほしいと願う。

景色をながめながら窓際を歩いていると、さりげなく手をつながれた。

（わ……）

大きな手が、紗良の右手を優しく包みこむ。触れ合った場所からぬくもりが伝わってきて、ほんわかと幸せな気持ちになった。

「要さんの手、あたたかいですね。うらやましい」

「紗良さんはちょっと冷たいかな？」

「実は冷え性なんですよ。夏はまだしも、冬は特に手足の血行が悪くて」

要の手をぎゅっと握ると、同じくらいの力で返される。それがとても心地いい。

「……手袋もつけておけばよかったかな」

「え？」

ぽつりと漏れた声に気づいて首をかしげると、要は「なんでもないよ」と笑った。どういう意味なのかはわからなかったが、話を続ける。

「厨房の床がけっこう冷たいんですよね。暖房はついているんですけど、下から冷気が這《は》い上がってくる感じで。お師匠さまのお店でもそうだったから、しかたないのかなと」

「和久井ベーカリーか……。そういえば、お師匠さんは最近どう?」

師匠は一度、寿子とふたりで猫番館に宿泊している。そのときに、黒糖くるみあんパンのつくり方を教えてもらったのだ。あのときは、師匠とふたたび厨房に立つことができて本当に幸せだった。

紗良はふわりと微笑《ほほえ》み、口を開いた。

「おかげさまで元気に過ごせているみたいですよ。このまえ遊びに行ったときは、寿子さんと一緒にお昼ご飯をつくってくれて」

「料理ができるくらいに回復したならよかった」

「ええ。麻痺が少し残っているので、寿子さんの手助けは必要なんですけど。自分でできそうなことは、可能な限り自力でやりたいって。時間がある日は、簡単なパンもつくっているって言っていました」

「そうか。パンづくりができるようになったのは大きいな」

師匠が倒れてから、気づけば今月で丸二年。

和久井ベーカリーの幕を引き、一時期はふさぎこんでいた師匠も、いまでは第二の人生を受け入れつつある。

師匠はすでに六十五歳。リハビリやマッサージなどである程度までは回復したが、体が元通りになることはないだろう。一般的には高齢者と呼ばれる域に入ったし、これからさらに老いていくにつれ、体は動かしにくくなっていく。

それでも師匠は前を向き、新しい生活を充実したものにしようとしている。

そんな姿を見ることができて、本当によかった。

「――あ、紗良さん。あそこが空いてるよ」

カフェでドリンクを注文してから、紗良と要は窓に面して設置されたペアシートに並んで座った。あたたかい飲み物で喉《のど》を潤し、ひと息つく。

「ここの景色もいいですね……。夜景もきれいに見えるでしょうし」

「そうだね。次は夜に来てみようか」

「ふふ。また未来の約束が増えましたね」

「紗良さんと一緒に行ってみたいところがたくさんあるんだよ。誰かと出かけるのがこんなに楽しいのははじめてかもな」

嬉しい言葉が、紗良の耳をくすぐった。

おつき合いをはじめてから、要は以前よりもストレートに、素直な感情を口にするようになった気がする。もちろん、いまだにからかわれることもあるけれど。要が自分を見る目が優しいから、つい許してしまうのだ。

「さてと。落ち着いたところで、そろそろこれを」

要はずっと手にしていた紙袋を、紗良に向けて差し出した。

「少し遅くなったけど、クリスマスプレゼント。気に入ってもらえるといいな」

「ありがとうございます！　あの、ここで開けても？」

「もちろん。どうぞ」

紙袋の中から出てきたのは、金色のリボンがかかった平たい箱。紗良は期待に胸をふくらませながら、リボンをほどいた。

蓋《ふた》を開けると、そこにはきれいに折りたたまれたマフラーが入っていた。うっとりするようなこの手ざわりは、カシミヤだろうか？　フリンジつきのマフラーは赤系のチェックで可愛らしいし、いま着ているコートの差し色にもなる。

「すごくあたたかそう……！　デザインも可愛いし、嬉しいです」

「よかった。さっき、手袋もセットにしておくべきだったかなって思ったから」

（なるほど。あれはそういう意味だったのね）

さきほどの謎が解けて、紗良は小さく笑みを漏らす。

「マフラーだけでじゅうぶんですよ。わたしも要さんにプレゼントがあって……」

用意していた小袋を渡すと、要はお礼を言って受けとってくれた。

包装された小箱の中におさまっているのは、海外ファッションブランドの美しいネクタイピンだ。上品な輝きを放つシルバーで、シンプルでありながらスタイリッシュ。いくつもの候補の中から、あれこれ悩んだ末に選び抜いた逸品である。

「わたし、要さんの制服姿がとても好きなんです。洗練されていて格好よくて」

紗良ははにかみながら続ける。

「だからクリスマスプレゼントは、猫番館のコンシェルジュとして働く要さんに、いつも身に着けてもらえるようなものがいいなって。ネクタイピンなら仕事中につけても問題ないでしょうし、デザインも落ち着いた感じにしてみました」

これはと思って選んだけれど、彼の好みに合っただろうか……？

緊張しながら待っていると、要がおもむろにネクタイピンをつまみ上げた。目線と同じ高さまで持ち上げて、しげしげと見つめる。

「きれいだし、センスもあるね。こういうデザインは好きだよ」

「ほんとですか？　よかった……！」

「というか、紗良さんがくれるものならなんでも嬉しいのが本音かな」

口角を上げた要は、マフラーが入っている箱に手を伸ばした。中身をとり出し、紗良の首にふわりとマフラーを巻きつける。やわらかな布地の感触が気持ちいい。

「うん、思った通り似合ってる。外は寒いし、このまま巻いていこうか」

「そうですね。要さんも明日、ネクタイピンをつけてみてください」

「わかった。大事にするよ」

ドリンクを飲み終えた紗良と要は、ペアシートから立ち上がった。要が予約してくれたディナーの時間にはまだあるので、ショッピングモールで買い物をしたり、みなとみらいの周辺を散歩したりして、ふたりで過ごすひとときを満喫しよう。

「じゃ、行こうか」

「はい」

どちらからともなく手をつなぎ、紗良と要は寄り添って歩きはじめた。


夢のように楽しかったデートの翌日から、紗良はふたたび仕事に明け暮れた。

「紗良ちゃん、今年もお疲れ様でした！　みんなで年越し蕎麦《そ》《ば》食べよー」

大晦日《おおみそか》も普段通りに働き、夜は前年と同じように、従業員寮で叔父や小夏たちとのんびり過ごした。要と一緒に年越しできなかったのは残念だったが、彼はフロントで夜勤の最中だったのでしかたがない。要はほかのスタッフを休ませるため、こういうときは率先してシフトに入るのだ。その気遣いには頭が下がる。

次に休みをとれたのは一月三日で、この日は新年の挨拶をするため、鎌倉の実家に顔を出した。祖父には親戚一同が集まる二日に帰ってくるよう言われたのだが、仕事があるからと言って断ったのだ。叔父はあいかわらず実家には寄りつかず、紗良ともども一族のはみ出し者とみなされているのだろう。

（まあ、いまさら印象をよくするつもりもないけど）

当主の言うことを聞こうとしない、厄介《やっかい》な娘。

そう思われているほうが、紗良にとっては都合がよかった。

親戚といえども、面倒な人間には、できるだけかかわりたくないだろう。それで一族から孤立しても、下手《へた》に干渉されるよりはずっといい。

仕事も交際相手も、そしていつか決めるかもしれない伴侶《はんりょ》も。すべて自分の意志で選ぶのだ。祖父の意向は関係ない。

そうこうしているうちに三が日を終え、松の内も過ぎ――

「秋葉《あきば》くん、あけましておめでとう！」

「ああ、おめでとう」

「今年もよろしくお願いしますね。さっそく今日、お世話になると思うけど」

「いや、俺のほうが世話かけるかも。人前で話すのって、そんなに得意じゃないし」

一月中旬の公休日。朝早くに寮を出た紗良は、都内の駅で待ち合わせをしていた。相手は専門学校時代のクラスメイト、秋葉洋平《ようへい》だ。

ダウンジャケット姿の秋葉と合流すると、目的地である製菓専門学校に向かって歩き出す。今日は母校で卒業生講演会があり、紗良と秋葉は講師として招かれているのだ。学校には一度、打ち合わせのために足を運んでいるが、今回は本番なので緊張する。

胸元を押さえた紗良は、隣を歩く秋葉に話しかけた。

「練習はしてきたけど、学生さんたちの前でうまく話せるかな……。頭が真っ白になったらどうしよう」

「俺は助けられないからな。話すのは得意じゃないって言っただろ」

「ええぇー……。せっかくふたりで講演するんだから、協力し合って頑張ろうよ。講演は頼っちゃうかもしれないけど、実演ならまかせて！」

「その台詞《せりふ》、そっくりそのまま返すぞ」

あっさり撃沈させられて、紗良はがくりと肩を落とす。

「うう……。こんなとき、愛美ちゃんがいてくれたら。トークは百人力だったのに」

「あー、あいつ営業職だもんな。話すのはうまそうだ」

今回の講演会で講師を依頼されたのは、紗良と秋葉のふたりだった。実際にパン職人として働いていることが条件のため、会社員の愛美に声はかからなかったのだ。

講師は毎年、卒業生の中からひとりかふたりが招かれるが、依頼されたからといって全員が引き受けるとは限らない。多少の謝礼は出るものの、スケジュールの都合がつかない人や、準備に時間を割くことができず、断る人もいるのだ。

そのため今回のように、ふたりとも承諾《しょうだく》するのはめずらしいことだとか。

たしかに紗良にも仕事があったし、その合間を縫《ぬ》って講演会の内容を考えるのは骨が折れた。秋葉と打ち合わせを重ね、準備を進めていくのも大変だった。

そんなに時間と手間がかかることを、義務でもないのになぜ受けたのか。

それは――

(後輩の子たちに、少しでもパン職人の仕事を知ってもらいたいから……)

紗良と秋葉の講演を聴いてくれるのは、自分たちの後輩である製パン科の学生だ。

愛美のように、製パン関連の会社に就職する子もいるだろうが、ほとんどの学生は職人になることをめざしているはず。同じ学校で学んだ者として、参考になるような話ができたらいいと思う。

(秋葉くんもそう考えたから、講師を引き受けたのよね)

口ではいろいろ言っているが、嫌なら断ることもできたのだ。基本的に真面目で責任感の強い人だから、後輩のためになればと思ったのだろう。

(それにあの学校は、叔父さまの母校でもあるし)

紗良がどこの専門学校に行こうか迷っていたとき、叔父は自分の出身校をすすめてくれた。そのおかげでパンづくりについて深く学ぶことができたし、愛美や秋葉といった友人たちとも出会えたのだ。

講師をつとめることで、母校に恩返しができるなら。

そう思ったことも、引き受けた理由のひとつだ。

はじめての経験で緊張はするけれど、自分でやると決めたのだから、最後まできちんとやり遂げたい。同じ志《こころざし》を持つ秋葉と力を合わせれば、後輩たちだけではなく、自分たちにとっても実りある講演になるだろう。

「――よし！」

気持ちを立て直した紗良は、しっかりと前を向いて歩を進めた。

「あっ、あのカフェ！　あそこでよく、愛美ちゃんとお茶をしたのよね」

「コンビニの隣は眼鏡屋だったような……？　変わったのかな」

「角のところにあった床屋さんもなくなってるね」

卒業から五年近くがたつと、まわりの風景にもさまざまな変化が生じる。

変わっているもの、いないもの。やはり、何もかもが昔のままというわけにはいかないようだ。さびしくはあるけれど、それが時代の流れというものなのだろう。

「あら……？」

大通りから横道に入ったとき、紗良は思わず声をあげた。足を止め、秋葉のジャケットを軽く引っ張る。

「ね、秋葉くん。あのビルの一階、前はパン屋さんだったよね？」

「そのはずだけど……」

学生時代、よく立ち寄っていた小さなベーカリー。五年ぶりに来てみると、見知ったパン屋はそこになく、別のお店になっていた。打ち合わせのときは違う道を通ったので、いまになって気づいたのだ。

「あの店、安くて美味《うま》いパンがいろいろあったのに……。残念だな」

「うん……」

チェーン経営ではない個人店で、昔ながらの店構え。

そんなパン屋の姿が、かつての和久井ベーカリーと重なって、胸が詰まる。

個人店を維持するのはむずかしい。独立して自分のお店を持っても、軌道に乗せられなければそこで終わる。

はじめはうまくいったとしても、一年後はわからない。この不景気で五年、十年と続けていけるお店はほんのわずかだ。後継者がいなかったら？　店主が病気になったら？　個人店が長く生き残るには、店主の努力はもちろんだが、ある種の運も必要なのだ。

あのパン屋がどういった経緯で閉店したのかはわからないけれど、もうここにはないということだけは事実だ。和久井ベーカリーが閉店したときも、いつもパンを買ってくれた常連客は、いまの自分のような気持ちになったのだろうか……。

（なんだか最近は、お師匠さまとお店のことを思い出す機会が多いかも……）

そんなことを考えていると、秋葉が言った。

「そろそろ行くか。学校に着いたら準備しないといけないし」

「そうだね。講演会が終わったら、ここでパンを買って帰りたかったんだけど」

せつない思いにとらわれたが、なくなってしまったものはしかたがない。

パン屋ではないお店から視線をはずし、紗良はふたたび歩きはじめた。

「――それでは、このあたりで締めくくらせていただきます。本日はご清聴《せいちょう》ありがとうございました」

紗良が深々と頭を下げると、教室内に大きな拍手が響き渡った。

(終わった……!)

講演会を無事にやり遂げ、緊張から解放された瞬間に、心地のよい達成感に包まれる。堂々と顔を上げた紗良は、百人を超える聴衆の前で笑みを浮かべた。

毎年恒例の卒業生講演会は、校内にある階段状の大教室を使って行われた。

製パン科以外の学生も聴講することができるので、会場にはあらかじめ用意された椅子《いす》が足りなくなるほどの人が集まった。就職先を探すにあたり、年齢が近い卒業生の話は耳に入れておきたいのだろう。

数時間前。学校に着いた紗良と秋葉は、製パン科の実習に参加した。

そこで実演をしてから、午後の講演会に臨んだのだ。先に秋葉が話をして、そのあとに紗良が語ることになったのだが、これがなかなかのプレッシャーだった。

「秋葉くんの講演、すごく上手だったよ。話すのは得意じゃないって言っていたのに」

「嘘《うそ》はついてない。本番に強いタイプなだけだ」

「うぐぐ……」

秋葉はどこまでも涼しい顔だ。

緊張でそわそわしていた紗良に対して、秋葉はずっと冷静だった。話し方も丁寧でわかりやすく、要点もしっかりまとめられていたのだ。その講演の素晴らしさに感じ入ると同時に、自分もうまくやらなくてはというプレッシャーが強くなり――

「高瀬も悪くなかったぞ」

「ほんと？」

「たしかに最初はガチガチで、大丈夫かよって思ったけどさ。話してるうちに落ち着いてきただろ。学生たちの様子も見てたけど、みんなおもしろそうに聴いてたぞ。厨房で起きた笑い話とか、ホテルの看板猫の話とか」

「あれは場をなごませるための余談で……。肝心のパンとか仕事の話は？」

「そのあたりは真剣に聴いてた」

秋葉の返事にほっとする。持ち時間が長いため、緩急をつけようと思ってゆるい話も入れてみたのだ。どちらにも興味を持ってもらえたのなら嬉しい。

視線を移した紗良は、学生たちが座っていた席を見つめる。

講演会が終わったため、教室内にはまったりとした空気が流れていた。すでに退室した学生もいるし、席に座ったまま、友だちとおしゃべりをしている子たちもいる。

(五年前は、わたしもあっち側にいたのよね……)

彼女たちの姿に自分と愛美を重ね合わせて、なつかしい気持ちになる。

紗良が学生だったころも、卒業生講演会はあった。そのとき話をしてくれたのは、四十代の卒業生。ベテランの風格をただよわせた、堂々たるパン職人だった。

紗良と秋葉はまだ若いから、長年の経験に裏打ちされた自信や、歳《とし》を重ねたことにより生まれる貫禄はない。その代わり、十代や二十代の学生とは歳が近いので、親しみを感じてもらえたかもしれないとは思っている。

「あの、すみません。ちょっとよろしいですか?」

声をかけられふり向くと、そこには四人の男女がいた。製パン科の学生で、最前列で熱心に耳をかたむけてくれた子たちだ。

人なつこくて明るそうな、リーダー格の男の子が口を開く。

「おふたりとも、今日はためになるお話をありがとうございました!」

「こちらこそ、最後まで聴いてもらえて嬉しいです」

紗良が微笑みかけると、緊張が解けたのか、ほかの子たちも話しかけてくれる。

「あの。高瀬さんのお仕事、大変そうだけどやりがいがありそうですね」

「ホテルのお話もおもしろかったです。いろいろ聴いてたら、猫番館に泊まりに行きたくなっちゃった」

「秋葉さんみたいに、手づくりパンを売りにするレストランで働くのも楽しそうだなー」

彼らはまだ一年生だというので、就職活動はこれからだ。

紗良や秋葉と同じく、パン職人の道に進もうとしている雛鳥《ひなどり》たち。彼らの輝かしい未来につながる大事な進路を決めるときに、今回の話が少しでも役に立つのなら、先輩としてよろこばしく思う。

「あと、高瀬さんとお師匠様のお話もよかったです」

おずおずと言ったのは、眼鏡をかけたおとなしそうな女の子だ。注目されて恥ずかしそうにしながらも、言葉を続ける。

「高一のときに出会って、それから十年近くもお世話になってるんですよね？　お師匠様のパン屋さんが閉店してからも、ずっと交流が続いてて……。離れていても、いざというときには頼れる人がいるって、すごくいいなあと思うんです」

「わかる！　私もビシバシ指導してくれるお師匠様がほしいもん」

「高一で弟子入り志願っていうのもすごいよなー」

「あの、高瀬さん。そのあたり、もう少し詳しく教えてもらえませんか？」

（わたしとお師匠さまのこと……）

講演会では軽く触れた程度の話を、もっと聞きたいと思ってくれる人たちがいる。そう思うと嬉しくなって、紗良はそれからしばらく、後輩たちとの交流を楽しんだ。

「——うわ、もうこんな時間だ。長々と引き止めてしまってすみません」

「今日は本当にありがとうございました」

「秋葉さんも、いろいろお話してくださって楽しかったです」

「お時間があれば、またいつでも学校に遊びに来てくださいね」

学生たちがお辞儀をして出ていくと、教室に残っているのは紗良と秋葉のふたりだけになった。仕事と並行して準備をするのは大変だったし、慣れないことばかりで疲れたけれど、心は充実感で満たされている。

「高瀬、大人気でよかったじゃん」

「秋葉くんもね」

にやりと笑った秋葉が、おもむろにこぶしを突き出す。紗良もそれに応《こた》え、お互いのこぶしを軽く合わせた。握手ではなくフィスト・バンプを選ぶところが彼らしい。

「たまには学校に顔を出すのもいいかもな」

「うん。初心にかえるというか、昔の気持ちを思い出せるね」

うなずいた紗良は、教卓の上に置いていたスマホに手を伸ばした。

アルバムを開き、師匠と一緒に撮った写真を表示させる。紗良が和久井ベーカリーで働きはじめて間もない時期に、厨房で寿子が撮影してくれたものだ。まだお店が営業していて、師匠も元気にパンを焼いていたころの、幸せな光景が写っている。

失われた時は、もう戻ってはこないけれど――

(だったら新しい思い出を、お師匠さまと積み重ねていけばいい)

表情をほころばせた紗良は、写真の中で笑う師匠にそっと触れた。


それから半月ほどが経過した、一月の終わり。

年に数回の休館日にもかかわらず、紗良は仕事着を身にまとい、ホテル猫番館の玄関前に立っていた。宿泊客を出迎えるためではない。紗良が待っているのは……。

(来た！)

正門のほうから近づいてきた乗用車が、車寄せの前で停まった。

「紗良ちゃん、こんにちはー」

先に外に出てきたのは、運転席の寿子だった。紗良に笑いかけた彼女は、助手席のほうに回ってドアを開ける。

少しの間を置き、ゆっくりと立ち上がったのは、背の高い大柄な男性。

一時期はかなり痩《や》せてしまったが、気力が湧いて食べられるようになってからは、体重もある程度までは戻ったらしい。歩くときには杖を使い、介助を必要とするところもあるそうだが、いまではそんな自分の状態を冷静に受け止めている。

「よう紗良、元気か」

「はい！　お師匠さまも、お元気そうで何よりです」

親しげに話しかけてきた師匠に、紗良はとびきりの笑顔で答えた。

師匠と顔を合わせるのは、三カ月ぶりくらいだろうか。明るい表情も血色のよさも、以前に会ったときと変わらなかったので安心する。

「それじゃ、紗良ちゃん。うちの人のことよろしく頼むわね」

「おまかせください。パンが焼き上がったらお知らせしますので」

「うふふ、楽しみだわぁ。横浜に来たのって、前に猫番館に泊まったとき以来なのよ。観光もいいけど、お買い物もしたいわねえ」

声をはずませる寿子に、師匠が言う。

「みなとみらいのほうには、洒落た店も多いだろ。好きな服でも買って、カフェかどこかでのんびりしてこいよ」

「海が見えるカフェとか素敵よね。じゃ、行ってきまーす」

寿子を乗せた車が門から出ていくと、紗良は隣に立つ師匠に向き直った。

「ではお師匠さま、わたしたちも行きましょうか」

「ああ」

紗良は扉の前に立ち、美しいステンドグラスがはめこまれたそれを開けた。

ワインレッドの絨毯《じゅうたん》が敷かれたロビーにも、重厚でクラシカルなフロントにも、人の姿は見当たらない。踊り場から薔薇《ばら》のステンドグラスが見下ろすロビーは、誰もいないことも相まって、厳《おごそ》かで静謐《せいひつ》な空気に満ちている。

ロビーに入った師匠が、感嘆のため息をついた。

「これはまた、壮観だなあ……」

「にぎわっているロビーも活気があっていいですけど、こういう静かな雰囲気も趣《おもむき》がありますよね。午後から清掃業者が来ますが、いまの時間はわたしとお師匠さま、あとはオーナーしかいないですよ」

「だから俺でも厨房に入れてもらえるのか」

「オーナーと料理長の許可はとりました。休館日なので落ち着いて作業ができますよ」

にっこり笑った紗良は、師匠と並んで歩き出した。

師匠は杖さえあれば、介助がなくてもひとりで歩ける。以前に猫番館に宿泊したときはぎこちなかった歩行も、いまでは見違えるようになめらかだ。さすがに前と同じ速さでは歩けないし、走ったりジャンプをしたりすることもできないらしい。しかし日常生活を送る上では、大きな支障はないだろう。

「あ、ここがオーナー室です。ちょっと声をかけていきますね」

「俺も挨拶をしていこう」

紗良たちはオーナーの綾乃《あやの》に挨拶をしてから、厨房に向かった。厨房のドアを開けた紗良に続いて、師匠はゆっくりと中に足を踏み入れる。

「ここに入るのは二回目だな。黒糖くるみあんパンを教えたとき以来か」

感慨深げな声が、静まり返った厨房に響く。

(この厨房でもう一度、お師匠さまと一緒にパンをつくれるなんて夢みたい)

提案したのは紗良だった。卒業生講演会のあと、ふたたび師匠とパンづくりがしたいという思いが強くなり、素直な気持ちを伝えてみたのだ。

師匠は紗良の願いをこころよく聞き入れ、いつでもいいぞと言ってくれた。

休館日なら仕事が休みだし、ホテルの厨房を使っても、ほかのスタッフに迷惑はかからない。けれども師匠を猫番館に招くには、寿子の協力が不可欠だ。寿子に車で送迎をしてもらえないかと頼むと、彼女は笑って快諾してくれた。

そのおかげで、師匠の再訪が実現したのだ。

静かな感動を覚えながら、紗良は師匠がエプロンをつけるのを手伝った。

使用する材料や道具は、調理台の上に用意してある。師匠のそばには椅子を置き、疲れたらすぐに座れるように配慮した。

「よし。それじゃ、はじめるとするか」

「はい！」

流しで手を洗った紗良と師匠は、はりきってパンをつくりはじめた。

まずは小麦粉に塩、イーストに水、そしてバターや脱脂粉乳《だっしふんにゅう》といった材料を、ボウルに入れて混ぜていく。ある程度まで混ざったところで、台の上に出してこねていった。機械を使ってもいいのだが、今回は時間があるから手ごねにする。

師匠はあまり手に力を入れることができないので、ここは紗良が担当した。こね上げた生地がなめらかになり、しっかり伸びる状態になったら発酵《はっこう》させる。

「これはそんなにふくらまないんですね」

「かための生地だし、発酵時間もほかのパンより短いからな。こんなもんだろ」

発酵のあとは、生地を分割して丸めていく。ベンチタイムをとって休ませたら成形だ。

紗良は麺棒《めんぼう》を使って、丸めた生地をひとつずつ、縦型の楕円《だえん》に伸ばしていった。奥から巻いて二十センチほどの棒状にととのえてから、今度は横に細長く伸ばす。その後も交差をさせたりねじったりしながら、丁寧に形をつくっていった。

「こんな感じでどうでしょう?」

「ああ、いいんじゃないか。両端がとれないようにくっつけておけよ」

成形が終わると、最終発酵。そして焼成《しょうせい》と続くのだが、このパンはその間にやることがあった。紗良は鍋でお湯を沸かし、食用の重曹を溶かし入れる。このお湯で生地を茹《ゆ》でてから、焼成するのだ。

「本当はラウゲン液を使いたかったんですけど……」

「扱いがむずかしい溶液だからな。個人でつくるなら、重曹で代用すればいい」

茹で上がった生地を引き揚げながら、師匠が言う。

本場のドイツではラウゲン液と呼ばれる溶液に浸すのだが、劇物指定の材料が入っているため、気軽には扱えない。そのため今回は、同じアルカリ性の食用重曹を使った。

茹でた生地には一本の切れ目《クープ》を入れ、粗塩《あらじお》をふってからオーブンで焼く。

そして、十数分後――

「できた……!」

香ばしい匂いとともに焼き上がったのは、ブレッツェル。

ドイツ生まれのパンで、腕を組んでいるような独特の形が特徴だ。重曹入りのお湯で茹でることで、外側のクラストは美しい褐色《かっしょく》になり、ツヤも生まれる。

「ラウゲン液を使えば、もっときれいに仕上がるんでしょうか?」

「そうかもしれんが、これでもじゅうぶんだと思うぞ」

腕の太い部分は弾力があってもっちりと、細いところはかりっとしていて、異なる食感が楽しめる。塩がきいているので、お酒との相性は抜群。ドイツではビールのおつまみやスナック的なおやつとして、人々に親しまれている。

「おお、美味い!　こりゃあ昼間からビールがほしくなるなぁ」

嬉しそうにブレッツェルを頬《ほお》張る師匠の姿を見て、よろこびがこみ上げてくる。

師匠から「どんなパンをつくりたいんだ?」と訊かれたとき、紗良は迷わずブレッツェルを選んだ。専門学校では実習したことがなかったし、和久井ベーカリーでも取り扱ってはいなかった。だから一度は経験してみたいと思ったのだ。

ブレッツェルはパン屋のシンボル。ドイツではパン屋《ベッカライ》であることを示すものとして定着し、看板にブレッツェルの紋章や飾りをつけているらしい。そんな逸話を知ると、ますます師匠と一緒につくりたくなった。

和久井ベーカリーが閉店し、職人として働けなくなってしまっても……。

翼をもがれたわけではない。こうしてパンをつくることは、これからもできるのだ。

「あっ！　そうだ」

大事なことを思い出した紗良は、厨房の隅《すみ》に駆け寄った。

事務用机の上に置いてあった「それ」を持ち上げ、師匠に見せる。その瞬間、師匠はおどろいたように目を見開いた。

「それは……！」

「はい。和久井ベーカリーの外に吊り下がっていた看板です」

笑顔で答えた紗良は、四角い看板に目を落とした。それほど大きくはないし、厚みもあまりないので、ひとりでもかかえられる。

「ビルが取り壊される前、見納めがしたいと思って……。寿子さんと一緒にお店に行ったんです。寿子さんは写真を撮っていたんですけど、わたしは形として残せるような思い出がほしくて。何かないかと思って探していたら、この看板が頭に浮かんだんです」

ビルとともに壊されてしまうくらいなら、あの看板は自分がもらい受けたい。

寿子の許可を得て、紗良はブラケットから看板をはずした。そして猫番館の従業員寮に持ち帰り、ずっと大事に保管していたのだ。

「しばらくは見るのもつらくて、最近までクローゼットの奥のほうにしまいこんでいたんですけど……」

顔を上げた紗良は、師匠の目をまっすぐ見据《す》えて言った。

「いまなら受け止められます。お師匠さまはどうですか？」

「………」

まばたきも忘れて看板を凝視していた師匠は、やがてふっと笑った。手招きされて近づくと、右手を伸ばした師匠は、愛《いと》おしげな表情で看板に触れる。

「俺もこの看板のことは気にかかってたんだ。まさか紗良が持っていたとはな」

「なつかしいですよね。パンの絵が可愛らしくて、お気に入りなんです」

「たしか、近所に住んでるデザイナーに頼んだんだよな」

「あの方もときどき、お店にいらしていましたね」

看板に描かれているのは、黒糖くるみあんパン。和久井ベーカリーの看板商品で、師匠の手から紗良へと引き継がれた宝物だ。

師匠と出会い、彼がつくるパンに惚《ほ》れこんでからもうすぐ十年。

庇護《ひご》下を離れてひとり立ちをしても、自分は一生、師匠の弟子であり続けたい。

「それでお師匠さま、ひとつお願いが……。この看板、ここに飾ってもいいですか?」

「おう、いいぞ。そいつはもう紗良のものなんだから好きにしろ」

「ありがとうございます! ふふ、やっぱり持ち出しておいてよかった」

目を輝かせた紗良は、看板を大事にかかえたまま、周囲をぐるりと見回した。

さあ、この素敵な看板を、厨房のどこに飾ろうか——

「あ、その前に寿子さんに連絡しないと」

「ちょうどいいから、そのへんのコンビニでビールでも買ってきてもらうか。医者には少しなら大丈夫だって言われてるし、さっきから飲みたくてしかたないんだ」

「昼間からビールだなんて、贅沢《ぜいたく》ですねえ」

焼きたてパンの香りがただよう厨房に、明るい笑い声がはじけた。

Tea Time

四杯目

新年あけましておめでとうございます。

あわただしくも活気にあふれた師走《しわす》が過ぎ去り、あらたな年を迎えました。

年号というのは、人間が定めたひとつの区切りに過ぎません。それでも大晦日《おおみそか》から元日に変わると、まっさらですがすがしい気分になりますね。気持ちが前向きになって、新しいことをはじめたくもなります。

横浜《よこはま》のベイエリアで過ごす年末年始は、とても華やか。ライトアップされた夜景に、ロマンチックなクルーズ。各所で行われるカウントダウンイベントを楽しみながら、打ち上げ花火に歓声をあげるのも、にぎやかでいいでしょう。

横浜港では毎年、元旦《がんたん》の零時になったと同時に、停泊している船がいっせいに汽笛を鳴らします。除夜の鐘とはまた違う、ノスタルジックで情緒にあふれた、港町らしい新年の幕開けといえるでしょう。ぜひ一度は聞いていただきたいものです。

そんなベイエリアを見下ろす高台に位置するホテル猫番館《ねこばんかん》は、本年も元日よりお客様をお迎えしております。

まだお泊まりになったことがないという、そこのあなた様！

今年はぜひとも、当館に足をお運びくださいませ。

ゆったりとくつろげるクラシカルな客室に、一流シェフが腕によりをかけてつくりあげる、素晴らしい料理の数々。専属の職人が手がけるパンやデザートに舌鼓《したつづみ》を打ち、当館自慢の庭園を散策すれば、日々の疲れは立ちどころに消えてしまうことでしょう。もちろん看板猫であるこのわたしも、心をこめて皆様をおもてなしいたします。


――さて。


年が明けて四日目。三が日は過ぎましたが、猫番館は今日も満室です。

最近お気に入りのドライフード（まぐろ味）で食事をとってから、わたしは寮を出てホテルに向かいました。今日は朝から冬晴れで、気温も比較的高めです。チェックインの開始まではまだ時間があるので、少し遠回りをして行きましょう。

のんびり散歩を楽しんでいると、喫茶室のテラスが見えてきました。

テラスに出ているお客様はいないだろうと思いきや、若い女性がふたり、テーブル席に座っていました。今日は風もないですし、厚着をしていれば大丈夫なのでしょう。

彼女たちはどちらも小柄で、ひとりは細身、ひとりはふっくらしています。なんとなく見覚えがあるので、以前にどこかで見かけた方々なのかもしれません。

テーブルの上には、カレーセットがふたつ。喫茶室の食事メニューで一番人気のものですね。猫番館の欧風《おうふう》ビーフカレーは、シェフのこだわりが詰まった贅沢《ぜいたく》な一品です。

「ああ、美味《おい》しい……！　お肉がほろっほろで、舌がとろける……」

カレーを口に運んだ細身の女性が、うっとりしながら言いました。よほど気に入ったのか、舌どころか表情までとろけています。

「タマさんはあいかわらず、カレーが大好物なんですねえ」

向かいに座る女性がふわりと微笑《ほほえ》みます。彼女のほうが、少し年上かもしれません。

「前にホテルに泊まったときは、食べ損ねちゃったんですよ。これ、いままで食べたことのある欧風カレーの中では、ダントツで好みです！　さっき買ったカレーパンも絶品なんですよね。あー、猫番館がもっと近くにあればなぁ」

「たしかに行きつけの場所にするには、ちょっと遠いですね」

「ミケさんは家が近いから、いつでも来られてうらやましい」

「でも息子がいますし、仕事もありますからね。子どもが小さいうちは、なかなかひとりで好きなところには行けませんよ」

「ですよねー。うちのあーちゃんもまだ一歳だし」

タマとミケ……。

猫が化けているわけではなさそうなので、ニックネームか何かでしょうか？

それはともかく、彼女たちはともに、小さな子を持つママさんのようです。わたしには子どもがいないのですが、ご家族のお客様と接したり、野良猫の話を聞いたりして、子育てがいかに大変なのかは察しているつもりです。

幼い子どもは特に、手がかかるでしょう。けれど彼女たちの表情はおだやかで、満ち足りているように見えます。なんだかんだ言いつつも、可愛《かわい》い子どもと過ごす生活を楽しんでいるのでしょう。

ミケと呼ばれた女性が、嬉《うれ》しそうに笑います。

「子どもたちは蓮《れん》さんと大樹《だいき》さんが見てくれていますし、もうしばらくは自由ですよ」

「たまにはこういう日があってもいいですよね」

「せっかくですから、食後のデザートも頼んじゃいますか」

「そうしましょう！　何かこう、久しぶりにお洒落《しゃれ》なものが食べたいなぁ」

猫番館で過ごすささやかなひとときが、忙しい毎日を送る彼女たちの、よい息抜きになりますように。そう願いながら、わたしは静かにその場を離れました。

Check Out

ことの終わり

まだまだ寒い日が続く、二月の中旬――

「天宮《あまみや》さん、そろそろ時間ですので上がりますね」

「ああ、お疲れ」

「お疲れ様！　なんか雪降りそうだね。予報通りだとそろそろかなぁ」

夕食の仕込みをしている隼介《しゅんすけ》と早乙女《さおとめ》に会釈《えしゃく》をして、紗良《さら》はひと足先に厨房《ちゅうぼう》をあとにした。早朝から忙しく働き、体は疲れているけれど、今日も満足のいくパンを焼くことができた。明日もこの調子で頑張ろう。

中途半端な時間のため、女性スタッフ用の更衣室には誰もいない。自分のロッカーを開けた紗良は、中にしまっていたスマホをとり出し、画面を表示させる。

真っ先に目に入ったのは、二月十四日という日付だった。

（今日はバレンタインデー……）

日本では女性から男性にチョコレートを贈り、愛を伝える日として広まった。

しかし近年は本命よりも、同性の友だち同士で贈り合う友チョコや、自分へのご褒美として購入するほうが増えているかもしれない。紗良も昨年は小夏《こなつ》とチョコレートを交換したし、自分で楽しむために、お高めのトリュフも買った。

そして今年も、百貨店の特設会場に、小夏とふたりで足を運んだ。

多くの女性客でにぎわっていた会場では、国内外から集まった何十ものブランドが、さまざまな種類のチョコレートを販売していた。

つややかにコーティングされた宝石のような一粒に、良質なカカオ豆を使って贅沢《ぜいたく》に仕上げられた、珠玉のショコラ。口の中で甘くとろける生チョコに、花や動物、ハートや星をかたどった、可愛《かわい》らしいチョコの数々。

海外の著名なショコラティエが手がけた新作もあり、人々の注目を集めていた。

きれいな箱におさめられ、リボンをかけたチョコレートは、とっておきの贈り物。見ているだけでも楽しくて、紗良の心をはずませた。

(それに今年は、本命もいるし)

要《かなめ》の顔が頭に浮かび、口元が自然とほころぶ。

彼には去年も、チョコレートを渡している。しかしそれは完全なる義理チョコで、隼介や早乙女にも同じ品を贈った。晴れて恋人同士になった今年は、もちろん本命チョコを用意している。要の好みを考えながら、じっくり選んだ一箱だ。

（要さん、よろこんでくれるといいな）

家族や友だち、自分のためにチョコレートを買うのもいいけれど。

好きな人のためだと思うと、よりいっそう胸がときめく。

要は公休日で、午後からは寮にいると言っていた。ほかの住人は出勤していて、帰りははやくても十七時過ぎになるだろう。いまは十五時半を回ったところだから、急いで帰れば、しばらくはふたりきりで過ごせる。

紗良は手早く着替えを済ませ、コートを羽織った。

首に巻いたマフラーは、要からクリスマスプレゼントとしてもらったものだ。カシミヤ特有の、なめらかな肌ざわりが気持ちいい。外がどれだけ寒くても、このマフラーに包まれていれば、体も心もあたたかくなる。

更衣室を出る前、紗良は要にメッセージを送った。

〈仕事が終わったので、いまから帰りますね〉

返事が来たのは、スタッフ用の出入り口から外に出ようとしたときだ。

〈お疲れ様　美味《おい》しい紅茶があるから、帰ってきたら一緒に飲もう〉

紅茶でも珈琲《コーヒー》でも、要とふたりならなんだって美味しい。

よろこびのスタンプを送った紗良は、ドアを開けて外に出た。

とたんに冷気が肌を刺したが、寮はすぐそこだ。マフラーの中に顔をうずめるようにして歩いていると、はらりと舞う白い粒が視界に入った。思わず上を向くと、白くなった空から、ちらほらと雪が降りはじめている。

雪化粧をほどこされた猫番館も、風情があって美しい。

しかし予報通りであれば、うっすら積もる程度で、はかなく消えていくのだろう。

寮の玄関を開けると、音で気がついたのか、すぐに要が近づいてきた。マフラーをぐるぐる巻きにしている紗良を見るなり、おかしそうに笑う。

「紗良さん、お帰り。外、そんなに寒かった?」

「雪が降りはじめていますよ。でも、このマフラーさえあれば大丈夫!」

「それは何より。気に入ってもらえたなら嬉《うれ》しいよ」

紗良がマフラーをはずすと、要はおもむろに両手を伸ばした。

大きくあたたかい手に頰《ほお》を包みこまれて、鼓動《こどう》がどきりと跳ね上がる。

「……ああ、ほんとに冷たいな。リビングのエアコンがついてるし、こたつもあるからはやくあたたまるといいよ」

ショートブーツを脱いで玄関に上がると、要は当然のように背後に回り、コートを脱ぐのを手伝ってくれた。優雅で洗練された身のこなしは、一流のホテリエならでは。さりげない気遣いのひとつひとつに品がある。

「俺は紅茶の支度をするから、荷物を置いたらリビングにおいで」

「はーい」

笑顔で答えた紗良は、階段を上がって自室に入った。

コートとマフラーをハンガーにかけ、室内の洗面台でうがいと手洗いを済ませる。それから部屋を出ようとしたが、大事なものを忘れたことに気づいて引き返した。

「これを持っていかないとね」

温度変化の少ない冷暗所に保管しておいたのは、箱に入ったチョコレート。昨日、小夏と一緒に出かけた百貨店の特設会場で購入したものだ。小さな袋に入ったそれを手にした紗良は、わくわくしながら部屋を出て、リビングに向かった。

「要さん、お待たせしました」

「あ、ちょうどいいところに。いま持っていくからこたつで待ってて」

紗良がいそいそとこたつに入ると、大きなお盆を持った要が近づいてきた。ソーサーに載ったティーカップを置き、慣れた手つきでポットの紅茶をそそいでいく。

「ふふ、なんだかホテルのお客さまになった気分です」

「こたつにティーセットっていうのは、ちょっとミスマッチだけどね」

「いいんですよ。どこで飲んでも、美味しいものは美味しいんですから」

そう言うと、要は「たしかに」と笑って、紗良の隣に入ってきた。肩が触れ合うほどの距離感が心地よく、思わず顔がゆるんでしまう。

「そうだ。紗良さん、これあげる」

「え？」

要はお盆に載せていた小さな箱を、紗良に渡した。赤いリボンがかかっている。

「今日はバレンタインだろ？　紗良さんにプレゼント。男のほうから渡したらいけないなんて決まりはないし、海外は男性が女性に贈り物をするほうが主流だからね」

「ありがとうございます……！」

押し寄せてくるのは、おどろきと感動。まさかこの日に、要から贈り物をもらうとは思わなかったので、嬉しさもひとしおだ。

「あっ！　わたしもちゃんと用意していますよ。受けとってもらえますか？」

「もちろんだよ。ありがとう。開けてもいいかな？」

「はい。わたしも開けてみますね」

期待に胸を躍《おど》らせながら、紗良はリボンをほどいて箱を開けた。

「わぁ！　可愛い……！」

箱の中におさまっているのは、薔薇《ばら》の花の形をしたチョコレート。自然なピンクは着色ではなく、ルビーカカオを使っているのだろう。重なった薔薇の花びらもきれいに形づくられていて、見る人の目を楽しませてくれる。

紗良は小さな薔薇をひとつ手にとり、口に入れた。

ラズベリーのようなさわやかな酸味は、ルビーカカオの特徴だ。苦みは少なく、フルーティーな風味を感じる。舌の上でやわらかく溶けていくチョコレートの甘さが、仕事で疲れた体をじんわりと癒《いや》してくれた。

「美味しい……」

「紗良さんからもらったチョコも美味しいよ。すごく俺好みだ」

「ほんとですか？　要さん、そういうチョコが好きじゃないかなと思って」

紗良が要に贈ったのは、香ばしくローストしたアーモンドやヘーゼルナッツを、ふんだんに使ったプラリネだ。キャラメリゼしたペーストを、ミルクチョコやビターチョコでコーティングして仕上げられたものである。

（気に入ってもらえてよかった）

「紗良さん」

ふいに呼びかけられて、視線を向ける。にっこり笑った要が、プラリネをひとつ手にしてこちらを見ていた。

「チョコレート、ひとつずつ交換しようか。俺、そっちの薔薇も食べてみたいし」

「いいですね。わたしもそのプラリネ、味見したいです」

「よし、じゃあそのままあーんして」

「ええっ。そ……それは」

「大丈夫だよ。俺しか見てないし。ほらはやく」

赤くなって照れていた紗良は、なんとなく周囲を見回してから、控えめに口を開けた。

要が食べさせてくれたプラリネは、まろやかなミルクチョコレート味。彼にも同じようにして薔薇のチョコを渡すと、満足そうにうなずく。

窓の外では冷たい雪が降っているけれど、いまは心も体もあたたかい。

ほんわかとした幸せに浸《ひた》りながら、紗良はしばしの甘いひとときを楽しんだ。

※この作品はフィクションです。実在の人物・団体・事件などにはいっさい関係ありません。

集英社オレンジ文庫をお買い上げいただき、ありがとうございます。
ご意見・ご感想をお待ちしております。

● あて先
〒101-8050　東京都千代田区一ツ橋2-5-10
集英社オレンジ文庫編集部 気付
小湊悠貴先生

ホテルクラシカル猫番館

横浜山手のパン職人《ブーランジェール》7

集英社
オレンジ文庫

2022年12月25日　第1刷発行

著　者　小湊悠貴
発行者　今井孝昭
発行所　株式会社集英社
〒101-8050東京都千代田区一ツ橋2-5-10
電話【編集部】03-3230-6352
【読者係】03-3230-6080
【販売部】03-3230-6393（書店専用）
印刷所　凸版印刷株式会社

ISBN 978-4-08-680480-6 C0193

コバルト文庫　オレンジ文庫

「ノベル大賞」

募集中！

主催　（株）集英社／公益財団法人　一ツ橋文芸教育振興会

小説の書き手を目指す方を、募集します！
幅広く楽しめるエンターテインメント作品であれば、どんなジャンルでもＯＫ！
恋愛、ファンタジー、コメディ、ミステリ、ホラー、ＳＦ、etc……。
あなたが「面白い！」と思える作品をぶつけてください！
この賞で才能を開花させ、ベストセラー作家の仲間入りを目指してみませんか!?

大賞入選作

正賞と副賞300万円

準大賞入選作

正賞と副賞100万円

佳作入選作

正賞と副賞50万円

【応募原稿枚数】

400字詰め縦書き原稿100～400枚。

【しめきり】

毎年1月10日（当日消印有効）

【応募資格】

性別・年齢・プロアマ問わず

【入選発表】

オレンジ文庫公式サイト、WebマガジンCobalt、および夏ごろ発売の文庫挟み込みチラシ紙上。入選後は文庫刊行確約!
（その際には、集英社の規定に基づき、印税をお支払いいたします）

【原稿宛先】

〒101-8050　東京都千代田区一ツ橋2-5-10
（株）集英社　コバルト編集部「ノベル大賞」係

※応募に関する詳しい要項およびWebからの応募は
公式サイト（orangebunko.shueisha.co.jp）をご覧ください。